Saga Volsunga

Du même auteur
Dans la même série
Arielle Queen, La société secrète des alters, roman jeunesse, 2007.
Arielle Queen, Premier voyage vers l'Helheim, roman jeunesse, 2007.
Arielle Queen, La riposte des elfes noirs, roman jeunesse, 2007.
Arielle Queen, La nuit des reines, roman jeunesse, 2007.
Arielle Queen, Bunker 55, roman jeunesse, 2008.
Arielle Queen, Le dix-huitième chant, roman jeunesse, 2008.
Arielle Queen, Le Voyage des Huit, roman jeunesse, 2009.
Arielle Queen, Le règne de la Lune noire, roman jeunesse, 2009.

Dans la série Soixante-six
Soixante-six, Les tours du château, roman jeunesse, 2009.
Soixante-six, Le cercueil de cristal, roman jeunesse, 2009.
Soixante-six, Les larmes de la sirène, roman jeunesse, 2010.

Nouvelles
Noires nouvelles, nouvelles, 2008.

Chez d'autres éditeurs
L'Ancienne Famille, Éditions Les Six Brumes, coll. « Nova », 2007.
Samuel de la chasse-galerie, Éditions Médiaspaul, coll. « Jeunesse-plus », 2006.

ARIELLE QUEEN

SAGA VOLSUNGA

9

Michel J. Lévesque

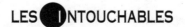

LES INTOUCHABLES

LES ÉDITIONS DES INTOUCHABLES
512, boul. Saint-Joseph Est, app. 1
Montréal (Québec)
H2J 1J9
Téléphone : 514 526-0770
Télécopieur : 514 529-7780
www.lesintouchables.com

DISTRIBUTION : PROLOGUE
1650, boul. Lionel-Bertrand
Boisbriand (Québec)
J7H 1N7
Téléphone : 450 434-0306
Télécopieur : 450 434-2627

Impression : Transcontinental
Illustration de la couverture : Boris Stoilov
Conception du logo et de la couverture : Geneviève Nadeau
Infographie : Marie Leviel
Révision : Corinne De Vailly, Élyse Andrée Héroux
Correction : Élaine Parisien
Photographie de l'auteur : Karine Patry

Les Éditions des Intouchables bénéficient du soutien financier
du gouvernement du Québec — Programme de crédit d'impôt
pour l'édition de livres — Gestion SODEC et sont inscrites au
Programme de subvention globale du Conseil des Arts du Canada.

Nous reconnaissons l'aide financière du gouvernement du Canada
par l'entremise du Fonds du livre du Canada (FLC) pour nos
activités d'édition.

Membre de l'Association nationale des éditeurs de livres.

Société
de développement
des entreprises
culturelles
Québec

ASSOCIATION
NATIONALE
DES ÉDITEURS
DE LIVRES

Conseil des Arts
du Canada

Canada Council
for the Arts

Dépôt légal : 2010
Bibliothèque et Archives nationales du Québec
Bibliothèque nationale du Canada

ISBN : 978-2-89549-413-3

Pour Mariève et Simone, parce que je vous aime de tout mon cœur et pour toujours.

Peuple de Mannaheim, Isslander, Arlander, Nordlander et Sunlander, phantos tyrmanns, vous tous qui m'accompagnez depuis le début de notre marche, sachez qu'Odhal, la vingt-quatrième rune, reprend désormais ses droits. À partir de maintenant et pour toujours, elle représentera le bien, ainsi que ce sanctuaire, qui est mon legs et celui de mes ancêtres, qui se sont toutes battues pour vous offrir cette terre de paix. Odhal signifie prospérité, celle que je vous procurerai, je vous le promets, et qui suivra les jours de changement et d'éveil donnés par ma mère. Souvenez-vous de moi, mais aussi de la femme qui vint avant moi. Surnommée Dagaz, elle fut celle qui nous guida jusqu'ici, jusqu'aux portes du sanctuaire. Dagaz, la métamorphose, le papillon sortant de sa chrysalide. Ma mère, digne fille de lady Arielle Queen et du roi Kalev, symbolisera à jamais le commencement d'une vie nouvelle. Elle est la lumière des dieux, les cycles de la vie, mais, surtout, l'espoir.

— Paroles prononcées par Adiasel Queen au tout dernier chapitre de l'histoire connue, lorsque fut atteint le sanctuaire, là où, selon les prophètes, chaque question allait enfin trouver sa réponse.

EXTRAIT DES ARCHIVES HISTORIQUES ÉTUDIÉES À L'ACADÉMIE MILITAIRE DE RINGHORN :

(SONT FORMÉES DANS CETTE INSTITUTION LES FUTURES TROUPES D'ÉLITE DE LA MONARCHIE, QUE L'ON SURNOMME LES LÉGIONNAIRES ISSLANDER OU ICELANDER. SELON L'AVIS MÊME DE LEURS ENNEMIS, CES GUERRIERS, DESCENDANTS DES PREMIERS VIKINGS, SONT AUSSI FROIDS ET CRUELS QUE LES GRANDS VENTS DE L'ISSLAND, LEUR TERRITOIRE D'ORIGINE.)

L'EXAMEN DES DOCUMENTS AR-23 ET AR-24, RETROUVÉS COMME BIEN D'AUTRES LORS DE L'INVASION DE LA FOSSE NÉCROPHAGE D'ORFRAIE PAR LES FORCES ALTERS ET HUMAINES EN 2008, NOUS A PERMIS DE DÉCOUVRIR L'INFORMATION EXACTE QUE TRANSMETTAIENT LES NÉCROMANCIENNES EXPÉRIMENTÉES À LEURS JEUNES RECRUES, CONCERNANT LE PRÉTENDU LIEN UNISSANT LES ÉPÉES FANTÔMES AUX GUERRIERS TYRMANNS. À LA SUITE DE L'ÉTUDE DE CES DOCUMENTS, ET

Après les avoir comparés avec la version incomplète de la bible des Lios Alfes dont nous disposons, nous sommes aujourd'hui en mesure d'affirmer que les nécromanciennes reprenaient mot pour mot les chapitres trois et quatre du célèbre, mais non moins controversé, Livre d'Amon.

Le texte d'Amon — repris plus tard non seulement par les nécromanciennes, mais aussi par plusieurs autres groupes — soutient que, depuis toujours, les armes spectrales sont liées aux âmes des guerriers tyrmanns décédés. Selon les écrits d'Amon, les épées fantômes évoluent en constante symbiose avec les âmes des Tyrmanns, ceux qui ont combattu pendant les affrontements du Niflheim. La légende prétend que Tyr et ses guerriers tyrmanns étaient parvenus à conquérir le royaume de Niflheim, qui était alors gouverné par Angerboda, la maîtresse de Loki. À cette époque, l'Helheim portait encore le nom de Sigylheim, en l'honneur de la femme légitime de Loki, Sigyn, avec qui il eut deux enfants mâles, Nari et Vali. Sigyn ignorait que Loki entretenait une relation adultère avec la sorcière Angerboda. Le dieu du mal avait lui-même créé le Niflheim afin d'y cacher son amante ainsi que leurs trois bâtards : Hel, Fenrir et Jörmungand.

Thor découvrit un jour l'existence du Niflheim et crut que Loki œuvrait, sur ce territoire, à lever une armée contre Odin.

Thor et son père ordonnèrent alors à Tyr de s'emparer du Niflheim et de soumettre tous ceux qu'il y rencontrerait. Tyr et ses fidèles guerriers, connus sous le nom de Tyrmanns, envahirent le royaume secret d'Angerboda, tel que le souhaitait Thor. Après cent ans de siège, ils parvinrent enfin à ouvrir une brèche dans la muraille de la citadelle et à pénétrer dans le Niflheim. Ils en chassèrent immédiatement l'amante de Loki, ainsi que leurs trois enfants. Ces derniers se réfugièrent sans tarder auprès de leur père, dans le Sigylheim. Avec l'appui de Fenrir et de Jörmungand, Angerboda proclama Hel, sa fille, nouvelle souveraine du Sigylheim. Le nom du royaume fut changé, et le monde paisible des morts devint l'Helheim, autre nom pour l'enfer.

Loki ne fit rien pour empêcher cela, au grand désespoir de Sigyn et de ses deux fils, qui s'opposaient vivement à la prise de pouvoir par Angerboda et ses trois bâtards. Cette opposition leur fut fatale. Angerboda assassina Nari et Vali pendant leur sommeil. Le lendemain matin, Sigyn fut blessée mortellement par Jörmungand et Fenrir, alors que tous les deux tentaient de l'empêcher de pénétrer dans la chambre de Nari et Vali. Mais avant de rendre son dernier souffle, Sigyn proféra une malédiction à l'endroit d'Angerboda et de ses fils : « Que mon voyage vers le néant éternel vous entraîne vers la douleur des mortels.

Putain, bâtards, jamais plus vous ne reverrez le monde des dieux !» On raconte qu'Angerboda, Fenrir et Jörmungand disparurent à ce moment précis, et que plus jamais on ne les revit dans l'un ou l'autre des royaumes connus de l'Ygdrasil. Cela fut suffisant pour apaiser Thor et Odin, lesquels permirent à Loki et à Hel de régner sur l'Helheim.

Amon prétend que Tyr, à la fin du siège du Niflheim, aurait perdu une main, et qu'il ne s'en serait jamais remis. On dit qu'il aurait sombré dans le désespoir et la folie, c'est pourquoi Thor et Odin lui auraient offert le Niflheim. Tyr accepta sans joie et régna pendant des siècles, jusqu'à ce qu'il eût transformé le Niflheim en territoire de l'ombre. Dans les terres intérieures du royaume se propagèrent les brumes épaisses de sa rancœur. Tyr fut surnommé Nidhug, l'Amer-Rongeur. Des gravures le montrent avachi sur son trône, en train de ronger des os d'animaux sauvages, mais on sait que cette version de l'histoire n'est pas tout à fait exacte. Certains dieux de l'Asaheim étaient envieux de la victoire de Tyr et de l'affection que lui portait Odin. Tyr découvrit que ces dieux jaloux avaient l'intention de le faire assassiner à son retour du Niflheim. Afin d'échapper à ce châtiment, il fit croire à tout le monde qu'il était devenu fou. Le Niflheim se transforma effectivement en territoire de

L'OMBRE. CEPENDANT, CE N'EST PAS PAR DÉPIT QUE TYR LAISSA LES BRUMES ENVAHIR SON NOUVEAU ROYAUME, MAIS BIEN PAR RUSE. IL SE SERVIT DU BROUILLARD POUR ÉLOIGNER LES CURIEUX ET PRÉPARER SON RETOUR. AU MOMENT DU RAGNARÖK, LE CRÉPUSCULE DES DIEUX, L'UNIVERS SERAIT DÉTRUIT, PUIS REBÂTI. LA LÉGENDE PRÉTENDAIT QU'UN NOUVEAU DIEU DIRIGERAIT CE NOUVEL UNIVERS. UN CHANT DU VIEUX NORD DISAIT CECI : « ALORS SURVIENT UN AUTRE ÊTRE. PLUS PUISSANT ENCORE, MAIS JE N'OSE M'AVENTURER À LE NOMMER. » CERTAINS CROYAIENT QU'HEIMDAL SERAIT LE REMPLAÇANT D'ODIN, MAIS D'AUTRES ÉTAIENT CONVAINCUS QUE CE SERAIT LE DIEU TYR. DE TOUT TEMPS ET EN TOUS LIEUX, LES DIEUX ET LES HOMMES AVAIENT CONFONDU SON NOM. CERTAINS DISAIENT DE LUI QU'IL ÉTAIT LE PLUS VIEUX DES DIEUX ET QU'IL ÉTAIT LE PÈRE DE TOUTES CHOSES.

TYR DEMEURA DONC SEUL DANS LE NIFLHEIM, SANS SES FIDÈLES GUERRIERS TYRMANNS. CES DERNIERS FURENT GÉNÉREUSEMENT RÉCOMPENSÉS POUR LEUR VICTOIRE, AINSI QUE POUR L'ARDEUR AVEC LAQUELLE ILS AVAIENT COMBATTU LES BÂTARDS DE LOKI. À LEUR RETOUR DU NIFLHEIM, THOR ET ODIN LES CONVIÈRENT À UN GRAND BANQUET DONNÉ EN LEUR HONNEUR. UNE CÉRÉMONIE SUIVIT LE REPAS. ELLE SE DÉROULA DANS LA SALLE DU TRÔNE, ENDROIT QU'AVAIENT CHOISI ODIN ET SON FILS POUR RÉVÉLER AUX GUERRIERS QUELLE SERAIT LEUR RÉCOMPENSE : « APRÈS VOTRE MORT, LEUR DIRENT-ILS, VOS ÂMES DE GUERRIERS SERONT LIÉES À TOUT JAMAIS À LA

PUISSANCE DE MES ARMES SPECTRALES. » PARMI
CES ARMES, ON TROUVAIT ENTRE AUTRES LES
ÉPÉES, LES DAGUES ET LES FLÈCHES FANTÔMES.
APRÈS CETTE ANNONCE RÉJOUISSANTE, THOR
S'ADRESSA SEUL AUX GUERRIERS TYRMANNS, QUI
S'ÉTAIENT TOUS ASSEMBLÉS DEVANT LE TRÔNE
D'ODIN : « SEREZ-VOUS L'UNE DE CES ARMES
SPECTRALES QUI TRANCHERONT LES TÊTES DE
NOS ENNEMIS, LES DÉMONS ? LEUR DIT-IL. SEREZ-
VOUS L'UNE DE CES LAMES MAGIQUES QUI
VENGERONT MON FRÈRE, TYR, ET TOUS CEUX QUI,
COMME LUI, ONT COMBATTU CES MONSTRES
JUSQUE DANS LA FOLIE, PUIS DANS LA MORT ? »
LES TYRMANNS LEVÈRENT ALORS LE POING ET
S'ÉCRIÈRENT : « OUI, NOUS LE SERONS ! » ODIN
AJOUTA QUE PAS UN HUMAIN, PAS UN ELFE, PAS
UNE CRÉATURE DU PEUPLE DE L'OMBRE NE POUR-
RAIT MANIPULER CES ARMES SANS QU'ELLES NE
SOIENT D'ABORD HABITÉES PAR L'ESPRIT GUER-
RIER D'UN VALEUREUX TYRMANN. « LEQUEL
D'ENTRE VOUS SAUVERA LE MONDE ? » LEUR
DEMANDA THOR. « MOI ! CE SERA MOI ! »
RÉPONDIRENT LES GUERRIERS À L'UNISSON. « JE
SERAI CELUI-LÀ ! » TONNÈRENT D'AUTRES. PARMI
EUX SE TROUVAIT LE TYRMANN HODALTON
L'ARGENTÉ, CELUI-LÀ MÊME QUI, DES SIÈCLES
PLUS TARD, SOUS SA FORME PHANTOS, ALLAIT
PRENDRE LE NOM DE SILVER DALTON ET SERVIR
DE PROTECTEUR À ADIASEL QUEEN. « JE SERAI
CELUI QUI SAUVERA LE MONDE ! » LANÇA
HODALTON D'UNE VOIX FORTE, COUVRANT CELLE
DES AUTRES. ET IL N'AVAIT PAS TORT, TEL QUE
NOUS LE CONFIRMENT LES LIVRES D'HISTOIRE.

En effet, selon la saga d'Ehwaz, il devint l'épée qui tua le dieu Loki.

« Souvenez-vous de ceci, mes frères, conclut Thor à la fin du banquet : ce que la lame ne pourra trancher, l'âme du guerrier fantôme pourra le traverser. » Le dieu du tonnerre nomma ensuite un nouveau chef pour les Tyrmanns : Balder, son jeune frère, un autre fils d'Odin. Après leur départ de l'Asaheim, Balder et ses troupes se rendirent dans l'Alfaheim pour assister les elfes de lumière dans leur combat contre les sylphors. Ils ne se doutaient pas qu'un destin tragique les attendait là-bas. Aidés par Loki et Hel, les elfes noirs étaient parvenus à s'évader des prisons de l'Alfaheim, ce qui mena à un inévitable affrontement entre les peuples de l'ombre et ceux de la lumière, que l'on appela la bataille du Thing. Balder et les Tyrmanns furent exterminés par les elfes noirs. L'annonce de cette défaite stupéfia les sujets de tous les royaumes, car on disait de Balder et de ses guerriers qu'ils étaient invincibles. C'est un des bâtards non reconnus d'Odin, Hoder, capitaine de la garde personnelle de Loki, qui exécuta Balder. Suivant les ordres de son maître, Hoder s'était travesti en sylphor afin de s'immiscer dans la bataille. À l'instigation de Loki, il affronta Balder au centre du Thing et le tua avec la seule arme qui pouvait blesser mortellement le dieu : un javelot de gui. Thor fut informé de la mort

DE BALDER IMMÉDIATEMENT APRÈS LA BATAILLE. IL NE PARDONNA JAMAIS À LOKI D'AVOIR COMMANDÉ L'ASSASSINAT DE SON FRÈRE, ET JURA DE VENGER LE PAUVRE BALDER. HODALTON L'ARGENTÉ FUT AUSSI TUÉ PENDANT LES COMBATS, D'UNE FLÈCHE À LA TÊTE QUI ARRACHA AU PASSAGE UNE PARTIE DE SON OREILLE GAUCHE. PLUTÔT QUE D'UNIR SON ÂME À UNE LAME D'ÉPÉE FANTÔME, THOR DEMANDA PLUTÔT À HODALTON DE S'INCARNER DANS LE JAVELOT DE GUI QUI AVAIT TUÉ BALDER.

« TU SERAS BIEN CELUI QUI SAUVERA LE MONDE, BRAVE HODALTON ! LUI RÉVÉLA THOR. DE CE JAVELOT DE GUI NAÎTRA UN JOUR UNE PUISSANTE ÉPÉE. WAYLAND LE FORGERON LA FABRIQUERA POUR MOI. JE L'APPELLERAI GRAMR, QUI SIGNIFIE COLÈRE, MAIS LES HOMMES LA CONNAÎTRONT SOUS LE NOM D'ADELRING. JE LA PLANTERAI MOI-MÊME DANS L'ARBRE BARNSTOKK, ET SEUL UN DESCENDANT DU VALEUREUX GUERRIER SIEGMUND, FILS DE VOLSUNG, POURRA LA LIBÉRER DU TRONC DE L'ARBRE. SOIS MA COLÈRE, BRAVE HODALTON ! SOIS MA COLÈRE, ET TU LIBÉRERAS TOUS LES AUTRES GUERRIERS AFIN QUE VOUS PUISSIEZ ENSEMBLE COMBATTRE LES FORCES DU MAL ! LE JOUR OÙ ADELRING TRANSPERCERA LE CŒUR DE LOKI SERA AUSSI LE JOUR OÙ LES GUERRIERS TYRMANNS SE DISSOCIERONT DES ÉPÉES FANTÔMES, AFIN DE SE RÉINCARNER DANS LE ROYAUME DE MIDGARD ET DE DEVENIR EUX-MÊMES DES GUERRIERS SPECTRAUX. VOICI LA RÉELLE RÉCOMPENSE : UNE EXISTENCE DANS LE ROYAUME HUMAIN. VOUS SEREZ INVISIBLES, MAIS vivants. Chaque Tyrmann sera alors sous tes ordres. On les nommera... phantos, les guerriers fantômes!»

1

Territoire du Fehland, 2060
Le futur

— En attendant, dit Adiasel, il vous faut
retourner dans le passé et sauver Arielle Queen,
c'est essentiel.

Razan se met à rire.

— T'inquiète pas, petite, lui répond-il, j'ai
passé ma vie à sauver Arielle Queen. Je commence
à en avoir l'habitude. Mais ce serait bien que les
dieux me filent un coup de main, non ? Tyr s'est
manifesté à quelques reprises, mais là c'est le
silence complet. Et Odin le tout-puissant, qu'est-
ce qu'il attend pour renvoyer Loki d'où il vient ?

Adiasel lui explique qu'en ce moment les
dieux traversent une période de transition. Odin
s'affaiblit de jour en jour, alors que le dieu Tyr
gagne des forces. Il s'agit d'une passation des
pouvoirs, selon elle. La puissance perdue par
Odin, Tyr est en train de la récupérer et de la faire

sienne. Adiasel répète que Tyr est le dieu du renouveau. Il remplacera Odin quand celui-ci perdra définitivement son omnipotence, le jour où ses deux loups seront assassinés par la Dame de l'ombre.

— Ça s'est déjà produit, l'informe Razan. Geri et Freki sont morts. Tout juste avant que je perde conscience et que je me retrouve ici, sur cette plage paradisiaque.

Adiasel approuve tristement :

— Je sais. Terminez votre verre, capitaine Razan. Il est temps de rentrer.

Razan avale le contenu de son verre d'un seul trait. Le jeune homme écarte ensuite les bras et se laisse traverser par le vent doux et tiède qui vient de la mer. Lorsqu'il ferme les yeux, son corps a déjà commencé à perdre de sa densité et de son opacité. Adiasel parvient même à discerner l'océan à travers lui. L'âme de Tom Razan ne tarde pas à s'élever, puis à disparaître de ce lieu, de ce temps auxquels elle n'appartient pas. L'âme entraîne le corps avec elle, comme un navire qui remonte son ancre, puis entreprend son voyage de retour vers le passé, vers l'an 2009.

Silver Dalton, le grand guerrier tyrmann à l'oreille mutilée, se tenait aux côtés d'Adiasel. Il a suivi toute la scène en silence, jusqu'à cet instant. Il déclare alors :

— Le roi Markhomer, le père de Kalev de Mannaheim, avait l'habitude de dire que le corps est comme une ancre pour l'âme. Que lorsque son ancre est levée, l'âme peut déployer ses voiles et naviguer par tous les royaumes.

— Je sais, répond Adiasel. Ma grand-mère aussi disait cela.

Elle s'arrête un moment, puis ajoute :

— Razan a compris que je suis la petite-fille d'Arielle Queen.

Dalton hoche la tête en silence ; apparemment, il pense la même chose.

— Un jour ou l'autre, murmure Adiasel, Razan devra trouver une façon d'invoquer les phantos tyrmanns pour les aider dans leur combat.

Il s'écoule quelques secondes, puis Adiasel se tourne vers Silver. Ils s'observent tous les deux en silence, au sein du décor paradisiaque de Bora Bora, bercés par le bruit des vagues qui viennent tout doucement mourir sur la plage de sable fin.

— Le moment est venu de nous séparer, dit-elle à son garde du corps.

Silver hoche la tête.

— Ce sera dur pour toi ? demande la jeune femme.

Elle aimerait pouvoir se réfugier dans les bras du Tyrmann, mais elle sait que c'est impossible. Depuis longtemps, elle est amoureuse de Silver, son protecteur, mais il est hors de question que ce dernier partage ses sentiments. Il ne pourra jamais l'aimer en retour. Dans les livres d'histoire, on dit que les alters meurent s'ils succombent à l'amour, mais dans le cas des Tyrmanns, c'est différent : s'ils éprouvent de l'amour envers quelqu'un, ils perdent alors le contrôle de leurs émotions et redeviennent de féroces guerriers, barbares et sans pitié, des machines à tuer semblables aux anciens berserks. C'est pourquoi ils sont tous conditionnés, depuis leur renaissance en 2012, à ne ressentir aucune émotion. Si par malheur un Tyrmann tombe amoureux, il est aussitôt arrêté et emprisonné par les sentinelles du dieu Tyr. Certains de ces phantos « rebelles » parviennent toutefois à s'échapper et à rejoindre les forces du dixième royaume, aussi appelé l'Empire invisible.

Mais aujourd'hui, en ce jour de l'année 2060, est venu le moment de la séparation pour Adiasel et Silver. Sans son garde du corps, Adiasel sera vulnérable aux attaques de l'Empire, et en particulier à celles des assassins invisibles, mais c'est un sacrifice que la jeune femme est prête à assumer. Renvoyer Silver Dalton dans le passé ne lui plaît guère, bien entendu, mais elle sait qu'il n'y a pas d'autre solution pour que le continuum espace-temps demeure intact. Dans les récits historiques, il est établi depuis longtemps que c'est Silver Dalton, « le guerrier à l'oreille gauche mutilée », qui a guidé l'animalter Brutal et le descendant de Siegmund vers Adelring, l'épée de la colère, forgée à la demande de Thor. Cette épée doit non seulement être utilisée par le Guerrier du signe pour tuer Loki, mais elle renferme également l'âme de Silver Dalton lui-même. Cette épée doit à tout prix être retrouvée. Elle constituera une arme redoutable pour les forces humaines, dans leur lutte contre Loki et Hel. Mais ce n'est pas la seule raison qui motive Adiasel à laisser partir Silver. Une fois Loki transpercé par

Adelring, les phantos tyrmanns seront enfin libérés de leur confinement, y compris Silver Dalton. À la demande de Thor, Dalton s'est joint au javelot de gui qui devait servir à forger Adelring. Si cette dernière n'est pas retrouvée, et que personne ne s'en sert pour tuer Loki, le futur changera, et Silver Dalton risque de demeurer à jamais prisonnier de l'épée. Cela modifierait le cours du temps, certes ; par ailleurs, Silver Dalton ne croiserait jamais le chemin d'Adiasel Queen, perspective que ne peut admettre la jeune femme. Il est connu qu'après la victoire des forces de la lumière, Silver Dalton sera désigné par le dieu Tyr pour assurer la protection exclusive de la lignée des Queen. Il protégera Arielle jusqu'à la naissance de sa fille. Silver se chargera de cette dernière jusqu'à ce qu'elle donne naissance à Odhal, la vingt-quatrième de la lignée, celle qu'on baptisera Adiasel Queen.

Si on ne retrouvait pas l'épée Adelring, cela aurait une autre conséquence fâcheuse : sans l'épée, Arielle, Kalev et leurs compagnons n'auraient aucune chance de remporter la guerre contre les forces de l'ombre. Si Loki ne périssait pas sous la lame d'Adelring, il survivrait donc et continuerait de mener ses troupes. Qui sait alors si l'ancêtre d'Adiasel, Lady Arielle Queen, ne serait pas châtiée ou même tuée ? La lignée des Queen s'arrêterait là, et Adiasel ne verrait jamais le jour. Mais pourquoi faut-il que Silver Dalton aide l'animalter et le descendant de Siegmund à retrouver l'épée dans laquelle son « autre lui-même du passé » est enfermé ?

— Parce qu'il en est ainsi, a répondu Silver lorsque Adiasel lui a posé la question, il y a quelques jours. Il est écrit que je serai celui qui guidera l'animalter et le descendant du guerrier Siegmund vers l'épée tueuse de dieux, et que je serai mon propre libérateur. Les guerriers tyrmanns naissent seuls, combattent seuls et meurent seuls. Il n'y a que moi qui puisse me libérer.

— Pourquoi le faire maintenant? a alors demandé Adiasel. Est-ce si pressant? Ce voyage vers le passé, tu peux le faire quand tu veux, non?

Silver a répondu par la négative.

— Ce n'est pas moi qui décide. Tyr m'a ordonné de partir dans quelques jours. Tu n'as pas à t'inquiéter. Notre dieu t'enverra deux de ses plus puissants Tyrmanns pour te protéger contre l'Empire invisible.

Et ce jour, il est arrivé, au grand dam d'Adiasel. Mais elle n'a plus le choix maintenant. Elle doit donner son aval à la mission de Silver et l'envoyer elle-même auprès de Tyr. Tous les deux seuls sur une plage de Bora Bora, ils doivent à présent se faire leurs adieux.

— Je te reverrai? demande Adiasel à son protecteur de toujours.

— Je ne sais pas, Adi.

C'est la toute première fois qu'il l'appelle ainsi. Auparavant, il utilisait toujours son prénom complet. *Abaisserait-il sa garde?* se demande Adiasel. *Va-t-il enfin céder à ses sentiments et avouer son amour pour moi? Non, même si je le souhaite, je ne peux pas le laisser perdre la maîtrise de ses émotions et de sa raison.* Adiasel fait un pas en arrière pour s'éloigner du Tyrmann. Elle doit se montrer froide et détachée. Ce sacrifice, elle le fait pour le salut d'une âme, celle de l'homme qui se trouve devant elle, l'homme qu'elle aime.

— Au revoir, Hodalton, dit-elle, en l'appelant pour la première fois par son vrai nom.

— Adiasel...

Il fait un pas vers la jeune femme qui l'arrête immédiatement.

— Non, ne fais pas ça, lui dit-elle, le cœur brisé. Pars d'ici avant qu'il ne soit trop tard.

Le Tyrmann acquiesce.

— Tu vas me manquer, Adiasel Queen.

La jeune femme hoche simplement la tête, en silence. Si elle ouvre la bouche pour dire qu'il lui manquera aussi, qu'elle l'aime plus que tout, elle craint de fondre en larmes. Elle, Adiasel Queen, fondre en larmes ? Odhal, la vingt-quatrième Queen, la chef guerrière qui mène tous les jours un combat acharné contre les forces de l'Empire invisible, pourrait-elle vraiment pleurer pour un homme ? *Toutes les femmes, si fortes soient-elles, ont un jour pleuré pour un homme*, songe la jeune femme en se rappelant les paroles de sa mère.

Le moment le plus douloureux est celui où Silver se détourne de la jeune femme pour fixer l'océan. Le guerrier tyrmann inspire profondément avant d'entamer sa marche. Sans se retourner, sans même un dernier regard pour Adiasel, il pénètre dans l'eau turquoise et avance plus loin dans la baie. Il marche lentement, sans s'arrêter, jusqu'à ce qu'il soit entièrement recouvert par les flots.

— Je t'aime…, murmure Adiasel entre ses lèvres frémissantes, peu après que l'homme a disparu.

2

*Le Tyrmann ferme les yeux au
moment même où il est submergé
par les flots.*

Lorsqu'il les rouvre, Silver Dalton est tout à
fait conscient d'avoir quitté Midgard et l'année
2060. Leur corps étant beaucoup moins lourd et
dense que celui des humains, les guerriers
tyrmanns sont transportés beaucoup plus rapidement entre les différents royaumes. Le voyage
entre Midgard et l'Asgard, le monde des dieux
Ases, dont font partie Odin, Thor, Balder et Tyr,
n'a duré guère plus d'une seconde. Silver Dalton
se trouve maintenant dans le palais Gladsheim, le
Séjour-de-la-joie, aux portes de la salle du trône.
Celles-ci sont gardées par cent einherjars.

— Laissez-le entrer! tonne une voix grave et
profonde, qui provient de l'intérieur de la salle.

Impossible de se méprendre sur le propriétaire de la voix; il s'agit d'Odin. Les guerriers
einherjars se divisent alors en deux groupes,

cinquante d'un côté, cinquante de l'autre, puis s'écartent des portes. Une puissante lumière émerge soudain de la salle du trône. L'éclat est à ce point intense que Silver a le réflexe de détourner la tête et de fermer les yeux. Il craignait d'être ébloui par la lumière, mais ce n'est pas ce qui se produit : celle-ci est puissante, certes, mais douce au regard. Silver Dalton n'a jamais rien vu de pareil. Le Tyrmann a déjà rencontré Thor et Odin, dans le Walhalla, mais n'a jamais mis les pieds dans la salle du trône, ce privilège étant habituellement réservé aux dieux et demi-dieux, et rarement aux créatures de moindre importance, comme les elfes, les humains, les Tyrmanns et les Walkyries.

Une fois la surprise passée, Dalton fait un pas vers l'avant et marche en direction des portes. Les cent einherjars le fixent tous en silence, d'un regard sévère, et tiennent leur lance bien en main, au cas où ils auraient à intervenir. Ce sont de valeureux guerriers, tous morts au combat, et ils sont prêts à donner cette deuxième vie offerte dans le Gladsheim pour protéger la famille divine de tout danger. Odin est le dieu suprême de l'Asgard et des autres royaumes, et sa puissance est sans égale, mais, contrairement aux dieux des autres mythologies, ceux des croyances nordiques sont vulnérables aux blessures physiques.

— Allez, approche ! lui ordonne la voix sépulcrale d'Odin.

Silver obéit et pénètre enfin dans la salle du trône. Il entend les portes se refermer derrière lui, mais ne se retourne pas. Au centre de la vaste pièce s'élève un trône immense sur lequel est installé un homme d'âge mûr, d'une imposante stature. Silver ne peut se méprendre, c'est bien Odin, le dieu suprême de l'univers. Il dégage une telle puissance, un tel charisme, que Silver ne peut s'empêcher de baisser la tête en signe de respect.

— Maître, dit-il.

— Tu t'attendais à rencontrer Tyr, n'est-ce pas? s'enquiert Odin.

Silver acquiesce d'un signe de tête.

— Tyr est le dieu qui règne à ton époque, Hodalton, mais à l'ère où tu souhaites te rendre, c'est encore moi le souverain.

— Oui, maître.

— À ce que je vois, Adiasel a fini par te laisser partir. Tu souhaites donc retourner dans le passé pour aider les compagnons d'Arielle Queen à retrouver Adelring, l'épée forgée par Wayland à la demande de Thor?

— C'est cela, maître.

— N'est-ce pas ton âme qui se trouve prisonnière de cette épée? Alors, ton voyage là-bas n'a rien de désintéressé. C'est toi-même que tu veux sauver.

— En temps voulu, Adelring doit servir à tuer Loki, répond Silver. Lorsque cet acte sera accompli, mon âme sera libérée, en effet.

— Mais puisque tu viens du futur, cet événement dont tu parles s'est déjà produit.

— Oui, mon maître, je l'ai vu se produire. C'est pourquoi je dois y retourner, afin que le continuum ne soit pas modifié. Ils ont trouvé l'épée, explique ensuite le Tyrmann, et le descendant du héros Siegmund l'a bien retirée du tronc de l'arbre Barnstokk, où elle était coincée depuis que Thor l'y avait plantée. Même si j'étais toujours prisonnier de la lame de gui, j'ai vu qui était présent ce jour-là. Il y avait l'animalter félin, ainsi que plusieurs autres de ses compagnons. Moi aussi, j'étais là. J'ai senti ma propre présence. Je me trouvais à l'intérieur de l'animalter. C'est moi qui les ai guidés jusqu'à Barnstokk. À partir de cet instant, j'ai su qu'un jour il me faudrait retourner dans le passé et aider les compagnons d'Arielle à retrouver Adelring. Si je ne le fais pas, l'épée demeurera perdue à jamais. Il n'y a que moi qui sache où elle se trouve. Si je n'y vais pas, jamais Adelring ne sera retrouvée, jamais mon âme ne sera libérée et jamais Adiasel Queen ne connaîtra... Silver Dalton.

— Elle est amoureuse de toi, n'est-ce pas? Et toi, tu l'aimes?

— L'amour m'est étranger.

— En es-tu certain? fait le dieu.

— C'est ma seule certitude.

— Dans ce cas, tu as raison, il n'y a pas d'autre choix pour toi.

À ce moment, les deux portes de la salle s'ouvrent de nouveau. Deux créatures entrent et se postent au garde-à-vous derrière Silver. Un seul coup d'œil suffit à ce dernier pour les reconnaître: ce sont les deux loups d'Odin.

— Adiasel a bien fait de t'envoyer, poursuit le dieu. Va, maintenant, et fais ce qu'on attend de toi.

Honteux d'avoir été distrait par l'entrée des loups, Silver reporte toute son attention sur Odin.

— Oui, mon maître, répond le Tyrmann.

Il pose un genou par terre et baisse la tête une seconde fois.

— Ce sera fait !

Silver se relève, fait demi-tour, puis s'éloigne du trône. Il passe devant les deux loups en regardant droit devant lui, puis quitte la salle du trône.

3

*Brutal est toujours prisonnier dans
une cellule de la tour du château de
Peel, sur l'îlot de Saint-Patrick, relié
par une chaussée à l'île de Man.*

Il n'a pas réellement conscience d'être lui-même. Depuis son retour du royaume des morts, il évolue sous la forme d'un grand fauve. Il obéit dorénavant à ses pulsions animales et n'est plus en mesure de réfléchir comme il le faisait avant que son instinct ne prenne le dessus sur sa raison. Bien que la porte de sa cellule soit verrouillée, deux gardes alters sont postés de l'autre côté des barreaux et le surveillent sans relâche, armes à la main. La panthère Brutal, avec son nouveau corps massif et puissant, rôde sans cesse d'une extrémité à l'autre de sa cellule, sous les regards intrigués de ses geôliers.

— Qu'est-ce qu'il a à se promener comme ça ? demande l'un des gardes à son confrère.

— J'ai vu des animaux se comporter comme ça dans des zoos. C'est comme s'ils étaient devenus fous, tu sais, comme les patients dans les asiles, qui se dandinent sans trop savoir pourquoi, juste pour passer le temps.

— On dirait qu'il fait les cent pas, ajoute l'autre. Comme s'il réfléchissait à un truc.

— Cette bête stupide, réfléchir? Elle est bonne, mon vieux!

Pourtant, le premier garde n'est pas très loin de la vérité. Il se passe effectivement quelque chose dans le cerveau plutôt confus de Brutal, alors qu'il parcourt sa cellule de long en large. Des bribes de souvenirs remontent lentement à la surface, mettant la bête dans un état inconfortable. Elle commence à se souvenir; se souvenir de qui elle est, d'où elle vient. Mais comment le peut-elle? Quel animal peut soudain se rappeler son nom et son lieu de naissance? Grâce à qui, grâce à quoi Brutal le fauve parvient-il à écarter graduellement son instinct pour reprendre possession de sa raison? C'est grâce à une voix d'homme, qui tente par tous les moyens de le calmer et de le rassurer: *« Je suis là, Brutal. Je suis là depuis ta naissance. On fait équipe, tous les deux. Tu ne te souviens pas de moi, mais ça viendra. Mon nom est Silver Dalton. C'est moi qui t'ai permis d'être ce que tu es. »*

Brutal est né à Belle-de-Jour, d'une chatte animalter élevée par le grand Reivax lui-même. Il était le cinquième chaton d'une portée de sept. Dès leur naissance, ses six frères ont été expédiés aux quatre coins du monde, afin de servir des alters de différentes nations. Ils ont tous quitté leur lieu de naissance, sauf Brutal, qui a été confié à Elleira, l'alter de la jeune Arielle Queen.

Dès sa venue au monde, une voix s'est adressée au chaton. Une voix qui allait l'accompagner durant les premières années de sa vie, afin de s'assurer qu'il ne cède pas au conditionnement des maîtres dresseurs alters. Grâce à l'influence positive de cette mystérieuse voix venue d'on ne sait où, Brutal ne s'est pas laissé corrompre par les enseignements de Reivax et a su se prémunir contre l'asservissement et l'endoctrinement dont étaient victimes les autres animalters qui, dès leur jeune âge, adhéraient systématiquement à la cause des alters et obéissaient aveuglément aux ordres de leurs maîtres.

Avant de se taire pour plusieurs années, la voix lui avait révélé qu'en réalité il ne devait pas servir Elleira, mais bien la personnalité primaire de celle-ci : Arielle Queen. Il ne devait pas se ranger du côté des alters, mais du côté des humains. S'il devait servir Elleira, c'était en fait pour mieux protéger Arielle Queen. La voix ne cessait de lui répéter qu'un jour ils auraient tous deux une importante mission à accomplir. Ce jour, apparemment, est venu. « *Grâce à moi, aujourd'hui, tu échapperas à la malédiction des animalters et redeviendras toi-même,* poursuit la voix, alors que le grand fauve y va toujours de ses inlassables va-et-vient. *Car une tâche importante nous a été confiée, à toi et à moi, une tâche qui nous est destinée depuis notre naissance : il nous faut retrouver Adelring, la seule épée dont pourra se servir le Guerrier du signe pour terrasser le dieu Loki. C'est en travaillant ensemble que nous y parviendrons.* »

Brutal s'immobilise brusquement au centre de sa cellule, ce qui ne manque pas de surprendre les alters chargés de le surveiller. Comme seuls les grands fauves savent le faire, il pousse un grognement semblable à un soupir, puis s'étend de tout son long sur le sol, s'appuyant sur l'un de ses flancs. Sans bouger, il fixe intensément ses deux gardiens avant d'ouvrir son immense gueule dans un long bâillement, puis de lécher ses babines pendantes, d'un côté puis de l'autre.

— Sale bête…, ronchonne tout bas l'un des gardes.

Soudain retentit un cri derrière les geôliers. Il s'agit d'un autre alter, arrivant au pas de course. Il paraît affolé.

— Ils sont là ! Dépêchez-vous ! Sidero a besoin de tout le monde !

— Calme-toi ! fait l'un des gardes. Mais qui est là ?

— Les fulgurs, menés par cette traîtresse de Walkyrie !

— Allons-y ! fait l'autre garde en prenant la tête du trio.

Tous les trois disparaissent dans le couloir menant aux cellules, abandonnant Brutal, seul, derrière eux. Le grand félin les regarde quitter les lieux d'un regard sombre, sans sourciller le moindrement. « *Maintenant* », dit la voix dans sa tête. C'est à cet instant que les changements surviennent. Brutal n'est pas certain de comprendre ce qui lui arrive. Toujours étendu sur le sol, il sent que son corps se transforme. Une impression de fragilité le gagne soudain. Il se sent plus vulnérable, comme si on le dépouillait peu à peu de son armure. Sa pensée s'éclaircit, il réalise de plus en plus ce qui est en train de se produire : il subit une mutation qui le prive de certains de ses attributs, mais lui en procure d'autres par la même occasion. Il cesse d'être Brutal la panthère, le mammifère carnassier à l'instinct de prédateur et au poil ras, pour redevenir lentement le Brutal qu'il a toujours été, l'animalter félin au poil gris et blanc, fidèle serviteur de sa maîtresse, Arielle Queen. C'est la toute première pensée qu'il parvient à formuler : *Arielle Queen. Ma maîtresse.*

Il baisse les yeux et découvre qu'il est nu, comme Adam après avoir croqué la pomme. Il se lève, puis cherche quelque vêtement. Il doit se contenter de l'unique couverture qui se trouve sur le lit, dans sa cellule, et s'en drape comme d'une tunique.

— Bon sang, mais qu'est-ce que je fous ici ? se demande-t-il à voix haute en examinant la pièce exiguë dans laquelle il se trouve.

Trois des murs sont faits de pierre, et le quatrième est composé uniquement de barreaux. « *Heureux que tu aies retrouvé la raison* », déclare une voix d'homme à l'intérieur de lui-même. Cette voix lui paraît familière. Il la connaît, pour l'avoir déjà entendue auparavant. « *Mon nom est Silver Dalton,* poursuit la voix. *Nous nous connaissons depuis longtemps, tous les deux.* »

— Qui a parlé ? demande Brutal en jetant des coups d'œil autour de lui.

« *Ne cherche pas, mon ami. Mon esprit est lié au tien, comme celui de Hel est lié à celui d'Arielle Queen.* »

— Arielle, répète Brutal. Mon Dieu, mais où est-elle ?

L'animalter a soudain le sentiment d'avoir failli à sa tâche. Il ne sait pas où se trouve sa maîtresse. Comment peut-il l'avoir abandonnée ainsi ? Elle est sûrement en danger, elle a sûrement besoin de lui. Comment l'esprit de cette mégère de Hel peut-il être lié à celui d'Arielle ? Il se souvient alors de ce qu'a dit Arielle avant leur départ de l'Helheim, après que sa maîtresse a planté son épée de glace dans la poitrine de la sorcière : « Elle est là... à l'intérieur de moi, a dit Arielle. La lame de glace, c'était un piège. Grâce à mon épée, l'esprit de Hel a quitté le corps de la créature... et a été transféré en moi. C'est ce qu'elle voulait. »

— Non, ce n'est pas possible, murmure Brutal, couvert de honte. Arielle a besoin de toi et tu l'as laissé tomber.

« *Ce n'est pas ta faute*, tente de le réconforter la voix. *Tu ne pouvais rien y faire. À ton retour de l'Helheim, tu as été transformé en bête sauvage, comme tous les autres animalters l'ont été après l'avènement de Loki.* »

— Je dois la retrouver, déclare Brutal avec une nouvelle conviction. Je dois l'aider à se débarrasser de cette emprise que la sorcière exerce sur elle.

« *C'est à un autre que revient cette tâche, mon ami. Pour l'instant, toi et moi devons retrouver Adelring, l'épée magique qui servira un jour à tuer Loki.* »

Cette voix… encore et toujours cette voix. Brutal est à bout de patience.

— Qui es-tu? Redis-moi ton nom!

« *Mon nom est Hodalton, mais on me surnomme parfois l'Argenté, ou Silver Dalton.* »

— Silver Dalton? répète Brutal.

Ce nom, l'animalter l'a déjà entendu. C'est ainsi que Hel l'avait appelé dans l'Helheim, alors que Geri et lui fonçaient sur la déesse pour l'attaquer.

— Tiens! Si ce n'est pas Geri le Glouton accompagné du brave Silver Dalton! avait dit Hel.

Silver Dalton, s'était alors répété Brutal. *Jamais entendu parler de ce mec.*

« Tu te trompes de personne, démon! avait-il alors répondu avec véhémence. Je suis Brutal, le fidèle animalter d'Arielle Queen! »

La réplique de l'animalter avait fait naître un sourire sur les traits de Hel:

« Alors, tu ne te souviens pas?… »

« *Non, tu ne te souvenais pas alors,* déclare Silver. *Mais aujourd'hui c'est différent. Tu sais qui je suis.* »

— Hodalton l'Argenté, le guerrier à l'oreille mutilée…, souffle Brutal tandis que le nom et le surnom du guerrier tyrmann se gravent dans son esprit. Alors, cette grande mégère de Hel est parvenue à déceler ta présence à l'intérieur de moi?

« *En fait, elle a cru que je me cachais sous les traits d'un animalter. Mais c'est un peu vrai: je suis toi, en partie. Mon âme est arrivée dans ce corps au même moment que la tienne. Il est un peu le mien aussi, j'imagine.* »

— Tu imagines mal, répond Brutal avec mépris. Hodalton l'Argenté..., répète-t-il ensuite. Et moi qui me suis toujours demandé pourquoi mon poil était de couleur gris argent et non roux comme celui de mes frères...

Silver se met à rire et lui révèle qu'il ne s'agit là que d'une simple coïncidence, mais qu'il apprécie tout de même le rapprochement.

— Et ça, c'est une coïncidence ? rétorque Brutal en indiquant l'encoche à son oreille gauche.

Depuis toujours, Brutal a cette entaille sur l'oreille, mais n'a aucun souvenir de la façon dont il en a hérité. L'arrivée, ou plutôt le retour, de Silver Dalton explique bien des choses.

4

Les combats opposant les alters aux chevaliers fulgurs sont sur le point de s'achever au château de Peel.

Les super alters du général Sidero sont plus puissants que leurs adversaires — les fulgurs menés par Ael et Jason Thorn —, mais beaucoup moins nombreux, ce qui très tôt les oblige à battre en retraite.

— Laissez-les partir ! ordonne Ael à ses chevaliers. Concentrez-vous plutôt sur l'Elfe de fer !

Les chevaliers laissent filer les derniers alters hors de la grande salle des trônes pour se rapprocher de Mastermyr, qui se trouve toujours dans le grand escalier de marbre entre Ael, Jason et Noah, de manière à protéger ce dernier, ce qui semble être son rôle dorénavant. Ael et Jason reculent alors pour faire place aux fulgurs, mais sont bousculés par Elizabeth. Celle-ci vient d'abandonner Arielle et Hati près du portail et a traversé la grande salle au pas de course pour venir se placer aux côtés de Mastermyr.

— Quel joli couple vous faites! leur jette Ael avant de commander aux fulgurs d'attaquer.

Tous ensemble, les chevaliers lancent leurs marteaux mjölnirs en direction du grand elfe et de la jeune kobold. Elizabeth reçoit le premier en pleine poitrine et est aussitôt projetée loin derrière Mastermyr, pour ensuite retomber sur la plate-forme des trônes, tout près de l'endroit où se tient Noah. N'étant pas munie d'une armure de fer comme Mastermyr, elle n'a ni la force ni la robustesse nécessaires pour résister à un tel coup. L'impact du marteau, combiné au choc de l'atterrissage, la plonge dans l'inconscience. Après avoir encaissé plusieurs coups de mjölnir, Mastermyr dévale les marches et se précipite en direction d'Ael et de Jason, tout en brandissant son épée de glace. Voyant que Mastermyr fonce droit vers eux, Ael se tourne alors vers Jason.

— Prêt, cow-boy?

Le jeune fulgur fait oui de la tête, puis dégaine ses mjölnirs et se prépare à l'offensive. C'est ainsi que débute un autre combat de titans à l'intérieur du château de Peel: celui opposant les chevaliers fulgurs à Mastermyr. Les autres fulgurs récupèrent vite leurs marteaux, puis se rallient autour de Jason. Mastermyr n'est plus qu'à quelques mètres d'eux lorsqu'ils lancent ensemble leurs mjölnirs, en direction de l'Elfe de fer.

— Mjölnirs! Boomerang! crient-ils à l'unisson.

Mastermyr est bombardé de toutes parts. Une nuée de mjölnirs tournoie autour de lui, pareille à un essaim d'abeilles. L'elfe réussit parfois à éloigner quelques marteaux en les frappant de sa lame de glace, mais la plupart du temps, les armes des fulgurs touchent leur cible. Au corps à corps, Mastermyr réussirait sans peine à se débarrasser de tous ses adversaires, en broyant leurs os l'un après l'autre ou en les transperçant de sa lame de glace, mais ce n'est pas contre des humains qu'il doit se battre à présent. Ce qu'il doit affronter, ce sont des armes magiques, des marteaux mjölnirs comme celui dont se sert leur maître, le puissant Thor.

Noah profite de ce que les fulgurs sont occupés avec l'Elfe de fer pour sauter de l'estrade et faire signe à Arielle, qui s'est empressée de le rejoindre malgré les protestations de Hati. Noah l'entraîne alors derrière le grand escalier de marbre. Sans doute souhaite-t-il s'y réfugier avec sa nouvelle épouse, mais Hati soupçonne qu'il s'attend à y trouver autre chose qu'un refuge. Peut-être y a-t-il un passage secret, un souterrain ou une sortie d'urgence quelconque derrière cet escalier, qui leur permettrait à tous les deux de se retrouver hors de ces murs.

— Attention, ils s'échappent ! s'écrie Hati afin de prévenir Ael et Jason.

Jason se trouve le plus près de l'escalier. À la suite de l'avertissement de la jeune alter, il tourne la tête en direction d'Arielle et de Noah et constate que Hati a dit vrai. Le jeune fulgur n'a pas l'intention de leur laisser la moindre chance de s'enfuir et il prend l'initiative de se lancer à leur poursuite. Comprenant ce qu'il a en tête, Ael quitte rapidement sa position pour se joindre au jeune fulgur. Ce faisant, elle s'adresse à Hati, qui se trouve non loin des cadavres de Geri et Freki et du corps inanimé de Razan.

— Éloigne-le d'ici! crie la jeune Walkyrie en désignant ce dernier. Transporte-le dans notre avion. Kalev vous y attend. Jason et moi nous chargeons d'Arielle et de ses copains!

— C'est de la folie, répond Hati. Arielle est trop puissante, vous ne pourrez pas l'affronter seuls!

Ael et Jason contournent déjà le grand escalier lorsque la jeune Walkyrie réplique, par-dessus son épaule:

— Ce n'est pas le moment de discuter, chérie! On se revoit à New York!

Hati acquiesce, puis baisse les yeux sur Razan. Quelques instants plus tôt, Arielle s'est servie de la garde de son épée de glace pour frapper le jeune homme à la tempe et lui faire perdre conscience. Sans plus attendre, la jeune alter se penche donc vers Razan pour le saisir sous les aisselles. Elle se dépêche ensuite de le tirer à l'extérieur de la grande salle. Alors qu'elle traîne Razan dans le grand hall du château, elle aperçoit Mastermyr qui se replie lui aussi vers l'escalier de marbre. Plutôt que de poursuivre le grand elfe, la meute de fulgurs recule, puis se retourne, avant de finalement quitter la salle des trônes pour rejoindre Hati dans le grand hall.

— Mais qu'est-ce que vous faites? leur demande celle-ci, alors que plusieurs d'entre eux s'emparent du corps de Razan pour le conduire plus rapidement à l'extérieur.

— Ce que souhaite Kalev, c'est récupérer le corps de Razan, répond l'un des fulgurs. Mission accomplie. Un bateau nous attend pour nous ramener sur la côte.

Là où se trouve probablement l'avion dont m'a parlé Ael, se dit Hati.

— Que faites-vous d'Ael et de Jason?

— Nos ordres ne sont pas de capturer Arielle Queen. Ael et Jason ont agi de leur propre chef. Ils sont seuls à présent.

Hati jette un dernier coup d'œil en direction de la grande salle avant de s'élancer à son tour vers la sortie du château.

5

*Brutal se rapproche des barreaux
de sa cellule, à la demande de
Silver Dalton.*

Toujours drapé de sa couverture, l'animalter jette un coup d'œil dans le corridor, là où se tenaient plus tôt les deux gardes alters chargés de le surveiller.

— Il n'y a plus un chat, lance Brutal après avoir examiné les lieux. À part moi, bien sûr! Tu saisis? Miaou!

Silver ne répond pas. Après avoir examiné la couverture qui lui sert de tunique, Brutal déclare:

— Le premier truc à faire une fois hors d'ici: dénicher un uniforme. Je déteste porter des robes. Au fait, comment comptes-tu me faire sortir de cette cellule? Je peux voler comme Superman, mais pas écarter des barreaux. Tu as une solution magique?

«*Peut-être*, répond Silver à l'intérieur de Brutal. *Je suis un phantos tyrmann, ne l'oublie pas.*»

— Ah ouais? Phantos comme dans «fantôme»?

«*Bien deviné, compagnon.*»

— Eh bien, moi, je suis un chat, comme dans un-chat-ne-peut-pas-passer-à-travers-les-murs-ni-tordre-des-barreaux.

«*Je vais arranger ça.*»

— C'est ça, abracadabra…

C'est alors que le corps de Brutal perd soudain de sa densité. Sous ses yeux ahuris, ses membres deviennent translucides. Il lève sa main poilue à la hauteur de son visage et peut apercevoir, au travers, le mur opposé de sa cellule.

— Mais qu'est-ce que tu fabriques? s'inquiète l'animalter. Tu me transformes en homme invisible?

«*Pas tout à fait, répond Silver. Mais cette petite métamorphose sera suffisante pour te permettre de passer entre les barreaux.*»

— Jure-moi que c'est réversible.

«*Ne t'inquiète pas. Allez, traverse de l'autre côté.*»

Brutal prend une grande inspiration et s'avance lentement vers les barreaux. Méfiant, il passe tout d'abord une main, puis l'autre. Il poursuit avec ses avant-bras, et ne peut retenir une grimace d'inconfort en les voyant passer de part en part des barreaux. Il a senti une légère résistance lorsque ses membres ont franchi l'obstacle, mais ces derniers ont néanmoins réussi à traverser de l'autre côté sans qu'il ait ressenti aucune douleur. Décidé à en finir le plus rapidement possible, l'animalter ferme les yeux et fait un pas vers l'avant. Il s'immobilise à mi-chemin, sentant une force s'opposer à lui, mais se contraint à poursuivre. Il finit par franchir les barreaux et quitter sa cellule, avant de se retrouver dans le corridor. C'est avec soulagement qu'il rouvre les yeux et constate que les barreaux de sa cellule sont maintenant derrière lui.

— Génial, ton truc du fantôme, lance-t-il à Silver. Pendant un moment, je me suis senti comme Patrick Swayze. Bon, finie la rigolade. Maintenant tu me redonnes du tonus, d'accord?

Brutal n'a pas à patienter très longtemps. Quelques secondes plus tard, son corps a retrouvé sa densité d'origine et est redevenu celui qu'il était: ferme, opaque, poilu et résistant, et enfin débarrassé de toute transparence.

— Bravo, champion! se réjouit Brutal. Dis donc, avec tes pouvoirs, tu ne pourrais pas me dégoter un truc plus viril que cette tunique?

« Désolé. Pour la haute couture, il faut voir ça avec un autre. »

— C'est bien ma chance. Bon, que fait-on à présent?

« Il faut sortir de cette tour. Un moyen de transport, le Nocturnus, nous attend au sud-ouest de l'île de Man. »

— Le Nocturnus? répète Brutal, intrigué. C'est quoi, ce truc, un genre de Batmobile version tyrmann?

« Un avion hypersonique. Il nous servira à quitter l'île. »

— Pour aller où?

« *À la recherche d'Adelring, l'épée de la colère, plantée dans l'arbre Barnstokk, que seul un descendant du guerrier Siegmund peut libérer, selon la saga des Volsung...* »

— Blablabla, l'interrompt Brutal, qui n'en peut plus de l'entendre répéter les mêmes trucs. Au fait, il y a un hic dans ton histoire : je ne connais aucun descendant de ton guerrier Sieg-machin-truc.

« *Il s'appelle Karl Sigmund, c'est le propriétaire de la Volsung, tu te souviens de lui ?* »

— Le copain de Laurent Cardin ? Très bien, d'accord, mais où est-ce qu'on est censés le trouver ?

Brutal entend le rire de Silver dans sa tête.

« *Tout près d'ici.* »

— Bon, allons-y alors, se résout l'animalter.

Il s'empresse de traverser le corridor, puis s'élance dans l'escalier de pierre en colimaçon qui permet de descendre jusqu'au pied de la tour. Une fois parvenu au rez-de-chaussée, il note que la porte donnant sur l'extérieur est demeurée ouverte.

— On dirait que les alters ont quitté les lieux précipitamment, observe-t-il.

« *Ils ont dû se mesurer aux fulgurs de Kalev* », suppose Silver.

— T'es omniscient ou quoi ? Et comment cet idiot de Kalev peut-il avoir des fulgurs à son service ?

« *Omniscient ? Non,* fait Silver. *Je ne sais pas tout, mais rappelle-toi que je viens du futur. J'en sais un bout sur l'histoire de Midgard. Et pour répondre à ta deuxième question, oui, Kalev de Mannaheim s'est offert les services de la communauté fulgur. Les fulgurs sont des créatures de Thor, qui fait partie du Thridgur, tout comme Kalev et l'elfe Lastel. Les fulgurs leur obéissent dorénavant.* »

— Le cow-boy aussi ?

« *C'est différent pour Jason. Il est l'un des protecteurs de la prophétie et prend son boulot très à cœur. Et c'est grâce à Arielle et à ses compagnons s'il a pu s'échapper de la fosse nécrophage d'Orfraie, alors il se sent redevable envers eux. Envers toi.* »

— Et comment vont les autres ? demande Brutal tout en s'avançant prudemment vers la sortie.

Il ne souhaite pas tomber sur un groupe d'alters en faisant ses premiers pas à l'extérieur.

« *Tu n'as pas à t'inquiéter*, le rassure Silver. *Les alters sont sur le point de quitter l'île. Les fulgurs ont eu le dessus sur eux et les ont fait déguerpir.* »

Brutal est soulagé. Il ne se sentait pas en état de livrer combat.

— Tu n'as pas répondu à ma question, dit-il en quittant la tour. Qu'est-il advenu de mes amis ?

Silver hésite un moment avant de répondre. « *Il s'est passé beaucoup de choses durant ton absence* », déclare-t-il finalement.

Absence…, songe Brutal. *Ouais, on peut appeler ça comme ça.* La dernière chose dont il se souvient, c'est d'être sorti du vortex reliant l'Helheim et la Terre, après la destruction de l'Elvidnir et du Galarif. Dès son retour sur Midgard, la malédiction s'est emparée de lui, et l'animalter n'a pu échapper à la mutation qui allait faire de lui une panthère. Il a imploré Dieu de l'aider, en vain. Les dernières paroles qu'il a prononcées, tout juste avant de quitter l'Helheim et de s'engager dans le vortex, ont été pour Noah : « Et toi, je ne t'ai pas oublié, lui a-t-il dit, menaçant. Je vais continuer de t'avoir à l'œil. *Capice*, Nazar ? » Il s'est ensuite élancé dans le passage après Ael, Jason et les elfes jumeaux. Peu avant, Arielle leur avait demandé à tous de revenir dans le passé, s'ils le pouvaient, afin de sauver Razan de la mort.

« *Et vous avez réussi*, lui révèle Silver Dalton. *Enfin, Ael et les elfes ont réussi. Toi, tu t'es sauvé et tu t'es rallié à Mastermyr et aux alters, tes nouveaux maîtres. Un an s'est écoulé, pendant lequel Loki, Angerboda et les alters ont fait beaucoup de ravages chez les humains, puis vous êtes revenus à la grotte, Mastermyr, Elizabeth et toi. Mastermyr a tué les deux elfes et Arielle a choisi de vous suivre plutôt que d'aller avec Ael et les fulgurs.* »

— Alors, Razan est vivant ?

« *Vivant, mais à présent il vit dans le corps de Karl Sigmund, celui qu'il nous faut retrouver.* »

— Et Geri, comment va cette canaille ?

Silver ne répond pas. Dans l'intervalle, Brutal parcourt la distance séparant la tour du château de Peel. À l'extérieur, devant l'entrée principale du château, il découvre le cadavre de l'un des deux gardes qui le surveillaient dans la tour. Il repose, sans vie, sur le sol, les yeux ouverts et une partie de son crâne défoncée.

— On dirait bien que les fulgurs sont passés par ici, lance l'animalter en jetant un coup d'œil à la ronde.

Peut-être reste-t-il d'autres traces de leur passage ? Il espère trouver l'un de leurs marteaux magiques, qui aurait pu lui servir d'arme, mais doit se contenter de l'épée fantôme endommagée du garde alter.

« *L'âme du guerrier tyrmann qui occupait cette épée a quitté sa prison et rejoint le Walhalla,* l'informe Silver. *L'arme sera beaucoup moins efficace.* »

— Fantôme ou pas, cette lame fera l'affaire, rétorque Brutal. Pour l'instant, du moins. Alors, et Geri ? redemande-t-il.

« *Il a quitté cette terre,* lui révèle Silver Dalton. *Tout comme Freki.* »

— Quoi ?

L'animalter se sent soudain défaillir. Craignant que ses jambes ne cèdent sous lui, il s'assied par terre, tout près de la dépouille du garde alter au crâne fracassé. *Geri, mon Dieu…*, pense-t-il.

— Je savais que Freki n'était plus de ce monde, mais…

« *Précisément,* poursuit Silver. *Odin leur avait donné la mission à tous les deux de délivrer et de protéger Razan, ce qu'ils ont réussi à faire, en partie. Mais ils ont été tués et ont rejoint le Niflheim, où ils servent le dieu Tyr dorénavant. Geri et Freki ne sont pas des créatures ordinaires, Brutal.* »

— À qui le dis-tu.

« *Ils étaient les loups d'Odin, des créatures magiques. Ils ne peuvent pas réellement mourir, en tout cas, pas dans le sens dans lequel l'entendent les humains. Le règne d'Odin tirant à sa fin, Geri et Freki sont devenus les loups de Tyr, le dieu du renouveau. Sans doute devront-ils assurer maintenant la protection de Hati, la fille de Tyr. »*

Toujours affalé aux côtés du cadavre, Brutal esquisse une moue sceptique.

— Hati ? Tu veux dire Elleira ? Mais je l'ai vue mourir dans l'Helheim ! Tout le monde ressuscite, dans cette foutue histoire ! Hé ! C'est moi qui suis censé avoir neuf vies !

« Elleira se faisait passer pour Hati, mais ce n'était pas réellement elle. La véritable Hati, la chef des maquisards du Clair-obscur, est toujours vivante et a rejoint notre monde pour combattre Loki grâce à l'aide des alters renégats, mais aussi de Kalev de Mannaheim. Elle se trouve en compagnie de Razan présentement. »

— Nom d'un chat... Il était temps que je revienne.

Brutal fait une pause et inspire profondément. Il lui faut du temps pour assimiler tout ce que vient de lui déballer Silver, mais surtout, pour se remettre de ses émotions. Après quelques secondes de silence, il demande :

— Comment Geri est-il mort ?

« Il a été assassiné par Arielle », poursuit Silver, ce qui n'aide en rien l'animalter à se ressaisir.

— Tu te fous de moi ?

« Ta maîtresse a rejoint le camp de l'ombre, Brutal. Elle n'est plus tout à fait elle-même. Ses ancêtres et elle se sont jointes à Loki et à Angerboda. Après que leur esprit a été perverti par Hel, elles se

sont séparées et ont joint les rangs des troupes alters. Bientôt, elles régneront sur les dix-neuf Territoires. Quant à Arielle, elle a épousé Noah, et tous les deux gouverneront le Nordland, la terre sur laquelle nous nous trouvons en ce moment. »

— Et les humains ne s'opposent pas à ça? s'étonne Brutal.

« Loki et Angerboda prévoient utiliser les armes nucléaires et bactériologiques des nations qu'ils auront conquises pour mater la résistance, surtout aux États-Unis, en Europe et en Australie. Midgard et sa biosphère subiront les conséquences de ces attaques pendant de longues années. Les dégâts seront tout aussi considérables qu'irréparables. »

— Loki n'est-il pas un dieu? Ne pourrait-il pas régler le compte de Kalev et des autres résistants en un seul claquement de doigts?

« Dans les autres mondes, les pouvoirs de Loki sont immenses, mais ici, dans le monde des hommes, là où l'effet de la magie et des croyances s'atténuent depuis des millénaires, les pouvoirs du dieu sont limités. Il demeure très puissant, mais pas assez pour exterminer une race tout entière. »

L'animalter ne peut s'empêcher de secouer la tête.

— Que de bonnes nouvelles à ce que je vois! soupire-t-il. Il est temps de faire un peu de ménage dans tout ce bordel. Super Brutal à la rescousse. Alors, on file ou pas?

« Tu te sens prêt pour un petit vol? »

Brutal fixe un instant la lune dans le ciel. Elle cache entièrement le soleil. Il ressent un mélange de déception et d'amertume. *Éclipse solaire totale,* songe-t-il. *Loki et les alters sont réellement les maîtres du monde, à présent.*

— J'ai le choix? Mais tout d'abord, l'uniforme.

Il se relève, plus solide et décidé qu'auparavant, puis retire sa tunique et enfile les vêtements de l'alter qui gît à ses pieds. Seules les bottes ne lui vont pas.

— Un alter avec des petits pieds, vraiment? Cette journée s'annonce difficile. Voyons voir si j'ai encore la forme.

L'instant d'après, il fléchit les genoux et se propulse dans les airs. Il file droit vers le ciel obscur, puis prend la direction du sud-ouest.

— On a un terrain d'atterrissage? demande-t-il à son partenaire, alors que son ombre se dessine de façon imprécise devant la lune noire.

« *Le Calf of Man* », indique Silver.

6

Plus tôt, dans le château de Peel...

Jason est le premier à atteindre l'arrière du grand escalier de marbre. Arielle et Noah ne s'y trouvent pas, mais le chevalier fulgur découvre, à la place, l'entrée d'un passage, qui apparemment mène sous terre. Sans doute que la jeune élue et son époux ont emprunté ce souterrain dans leur fuite. Ael ne tarde pas à venir rejoindre Jason.

— Mais qu'est-ce que tu attends? le presse-t-elle. Mastermyr est sur nos talons!

La Walkyrie et le jeune fulgur s'engouffrent alors dans le tunnel et dévalent une vingtaine de marches en pierre, jusqu'à ce qu'ils atteignent enfin l'entrée d'un second passage, à l'horizontale cette fois, qui semble s'enfoncer dans le roc de l'île. Il s'agit à n'en pas douter d'une galerie souterraine, qui conduit certainement à l'extérieur du château. Percevant les pas lourds de l'Elfe de fer en haut de l'escalier, Ael et Jason ne perdent pas de temps et se précipitent dans le couloir qui s'ouvre devant eux. Ils sont prêts à affronter bien des dangers, mais une confrontation avec Mastermyr relève davantage du suicide que d'une démonstration de courage. Quoique, avec ses pouvoirs de Walkyrie (bien qu'elle ne les maîtrise pas encore à la perfection), Ael n'est pas tout à fait convaincue de sortir perdante d'un combat contre le grand elfe. Néanmoins, il n'est pas nécessaire qu'elle s'en assure tout de suite. Pour le moment, il lui importe plus de rattraper Arielle et Noah que de mesurer ses nouvelles aptitudes.

Au pas de course, Ael et Jason traversent le couloir de pierre, puis s'élancent dans un autre, et un autre. Chaque nouveau boyau est plus sombre que le précédent. Heureusement que la galerie ne comporte pas de fourches, car à la vitesse à laquelle ils se ruent dans chacun des passages, ils se seraient certainement perdus ou, pire, auraient fini par se retrouver dans une impasse.

— Tu crois qu'ils sont encore loin? demande Jason, le souffle court.

— Si je les vois, je te fais signe, lui lance Ael pour toute réponse.

Tous les deux poursuivent leur course à travers la galerie souterraine, sans jeter le moindre regard par-dessus leur épaule. Ils savent que Mastermyr n'est pas loin derrière eux. Le bruit métallique de ses bottes de fer contre le sol rocailleux résonne dans tout le couloir. Ils ont l'impression d'être poursuivis par un robot géant, ce qui n'est pas loin de la vérité.

— Il va nous réduire en charpie ! s'exclame Jason en tentant d'augmenter la cadence.

Jusqu'ici, il a poussé sur ses jambes au maximum, mais il commence à manquer d'énergie. Il craint que le dernier sprint dans lequel il s'est engagé ne représente son ultime effort, et qu'après il n'ait plus la force de continuer. Il leur faut rapidement trouver la sortie, sinon le fulgur n'arrivera plus à tenir la distance et devra affronter Mastermyr, qu'il le veuille ou non. Et ce qui l'inquiète le plus, c'est qu'Ael refusera de l'abandonner derrière et insistera pour se battre à ses côtés. Puisqu'elle constitue un adversaire plus redoutable que le jeune chevalier, Mastermyr n'hésitera certainement pas à se débarrasser d'elle en premier. Et ça, Jason ne peut l'admettre. Il est toujours amoureux d'Ael et ne se pardonnerait jamais d'avoir causé sa perte seulement parce qu'il était à bout de souffle. *Allez, mon vieux !* se dit-il. *Encore un effort.*

Soudain, comme par magie, apparaît un mince filet de lumière devant eux. À mesure qu'ils s'en approchent, la lumière gagne en éclat. C'est l'espoir dont ils avaient besoin. Ael agrippe Jason par sa chemise et l'entraîne à sa suite. Le chevalier n'a d'autre choix que d'ajuster sa vitesse à celle de sa compagne. Tous les deux atteignent bientôt l'extrémité du couloir, qui débouche sur un autre escalier de pierre remontant vers la surface. La sortie se trouve tout là-haut. Jason peut très bien apercevoir l'éclipse solaire par l'ouverture, et il fixe son regard sur elle pour s'encourager. Ils seront bientôt à l'extérieur et quitteront ces corridors sombres, étroits et angoissants. C'est en remplissant ses poumons d'air frais que Jason gravit les dernières marches, toujours tiré par Ael. Une fois sorti de la galerie, Jason est enfin débarrassé de l'impression d'étouffement qui l'a accompagné tout le long du trajet. D'après la position de l'éclipse et de quelques ruines environnantes, Jason déduit qu'Ael et lui se trouvent sur le rivage opposé à celui près duquel se dresse le château de Peel.

Sans même avoir besoin de se consulter, le fulgur et la jeune Walkyrie se positionnent rapidement de chaque côté de l'ouverture. Ael ne tarde pas à invoquer sa lance de glace :

— *Nasci Lorca !*

Le javelot, aussi long qu'étincelant, se matérialise dans sa main en quelques secondes à peine. Jason dégaine quant à lui ses marteaux mjölnirs et lance un regard en direction de sa compagne.

— Tu es prêt ? lui lance-t-elle. Il arrive !

Jason acquiesce en silence, tout en resserrant sa prise sur les marteaux. Il est plus que jamais résolu à affronter l'Elfe de fer, au prix de sa vie, s'il le faut. S'ils n'attaquent pas Mastermyr dès sa sortie de la galerie souterraine, ils se privent d'un excellent effet de surprise. À eux deux, peut-être ont-ils une chance de défaire le grand elfe. De toute façon, s'ils continuaient à fuir, Mastermyr aurait tôt fait de les rattraper.

Le crissement métallique des bottes du grand elfe sur les marches de pierre se fait entendre dans l'escalier. Ael soulève sa lance bien haut au-dessus de son épaule, prête à s'en servir pour transpercer la puissante armure de Mastermyr, tandis que Jason fait tournoyer une dernière fois ses marteaux dans ses mains afin d'assurer sa prise, ce qui lui permettra de mieux diriger ses assauts.

— C'est le moment ! crie Ael.

L'armure scintillante de l'Elfe de fer apparaît alors dans l'ouverture. Ael s'apprête à frapper son adversaire de sa lance, mais elle est arrêtée par une main ferme qui s'abat sur son épaule et qui la tire brutalement vers l'arrière. La lame de glace rate sa cible et se plante profondément dans le sol, aux pieds de Mastermyr. Sans attendre, Jason lance alors ses marteaux en direction du grand elfe, qui les évite de peu après avoir plié adroitement les genoux. Plutôt que de s'en prendre de nouveau à Mastermyr, les mjölnirs reviennent dans les mains de Jason, mais ce dernier n'a pas le temps de les utiliser pour une nouvelle attaque ; L'Elfe de fer lui assène un solide coup au visage, qui l'expédie à plusieurs mètres derrière. Fort ébranlé, mais toujours conscient, le jeune fulgur tente de se remettre debout, mais la pointe d'une épée fantôme vient se glisser sous son menton.

— Un seul mouvement et je te tranche la gorge, le menace Noah, qui tient l'épée.

Ael se trouve également sur le sol, désarmée. Elle lève les yeux vers le ciel et rencontre le regard noir et éteint de la personne qui est intervenue pour l'empêcher d'enfoncer sa lance dans le corps de Mastermyr. Ce n'est nulle autre qu'Arielle Queen. Elle se tient debout au-dessus de la jeune Walkyrie et l'observe sans la moindre émotion. Son visage est plus pâle que jamais, et une lettre runique en forme de M brille sur ses traits impassibles.

— Arielle…, souffle simplement la Walkyrie. Pas mal, ton look fantomatique, mais je te préférais avec tes taches de rousseur.

Arielle ne répond pas. Elle continue de fixer Ael.

— Ta force et tes pouvoirs se sont considérablement accrus, l'orangeade, mais ils ne sont rien en comparaison des miens.

Arielle se penche, agrippe solidement Ael par le col de son manteau et la soulève de terre d'un seul mouvement, sans manifester le moindre effort. Alors qu'elles sont nez à nez, Arielle gratifie la jeune Walkyrie d'un sourire malicieux.

— Je ne crains pas les Walkyries, déclare-t-elle d'une voix grave et rauque, qui n'est pas la sienne.

— Qui crains-tu alors ? lui demande calmement Ael.

La jeune Walkyrie ne tente même pas de se débattre pour échapper à la prise d'Arielle. Cette dernière hésite un moment avant de répondre :

— Personne. Je n'ai peur de personne.

Cette fois, c'est au tour d'Ael de sourire.

— Pas même de Tom Razan ?

Les traits d'Arielle s'assombrissent d'un coup. Ses petits yeux noirs se mettent soudain à briller, puis elle serre la mâchoire et projette Ael au loin. La jeune Walkyrie exécute une manœuvre acrobatique dans les airs et retombe fermement sur ses pieds, plutôt que de s'affaler sur le sol. Mastermyr prend alors la relève et se rue sur Ael.

— Ne lui fais pas de mal! s'écrie Jason de sa position.

— Sinon quoi? lui demande Noah, qui menace toujours le fulgur de son épée, l'empêchant ainsi de se relever.

— Sinon je vous tuerai tous! rétorque Jason avec un regard haineux, ce qui provoque le rire de Noah.

Le grand elfe sera bientôt sur Ael. Toute fuite est impossible. Ael invoque une seconde lance de glace et se prépare à accueillir l'Elfe de fer.

— Allez, approche, Darth Vader! crie-t-elle pour le provoquer.

Mastermyr n'en devient que plus déterminé.

— *Nasci Magni!* lance-t-il, ce qui fait naître une longue épée de glace dans sa main.

La dernière fois que la jeune Walkyrie lui a opposé une lance, Mastermyr l'a saisie d'une seule main, puis l'a brisée en deux. Combien de temps celle-ci résistera-t-elle? Ael n'a pas le temps de se poser la question. Elle brandit sa lance et l'envoie de toutes ses forces contre l'armure du grand elfe, en visant le cœur. La lance se fracasse au contact de l'armure Hamingjar, laissant Ael dépourvue. La lame de glace de Mastermyr s'abat alors sur la jeune femme qui parvient à l'esquiver de justesse. Mais elle n'est pas au bout de ses peines: l'elfe y va d'un second assaut. Ael réussit à l'éviter, mais se retrouve en situation de déséquilibre. Elle pose un genou sur le sol, puis roule sur elle-même pour échapper à la troisième attaque de Mastermyr.

— Non, attends! le supplie Ael.

Mais le grand elfe n'a visiblement pas l'intention de s'arrêter là. Il s'apprête à porter le coup fatal lorsqu'un puissant grondement se fait entendre au-dessus d'eux.

7

C'est ici que se poursuit la quête de Tom Razan, celle que les livres d'histoire baptiseront « la quête du chevalier à la charrette ».

Après le songe qui lui a permis de se transporter dans le futur et de faire la rencontre d'Adiasel Queen et de Silver Dalton, Razan s'est éveillé dans un avion-cargo en compagnie de Hati, de Kalev de Mannaheim et de leurs chevaliers fulgurs. Il lui a fallu peu de temps pour se remémorer le fait que Hati et Kalev sont maintenant des alliés. Mais ce n'est pas cette révélation qui l'a ébranlé le plus ; c'était plutôt de découvrir qu'il est à présent prisonnier du corps de Karl Sigmund, l'ancien associé de Laurent Cardin et copropriétaire de la Volsung, et que Kalev est le nouveau propriétaire de son corps.

— Espèce de salaud ! s'exclame Razan à l'intention de Kalev, qui ne peut s'empêcher de lui répondre par un sourire victorieux.

Razan se souvient alors de ce que lui a révélé Hati au sujet des médaillons demi-lunes : elle lui a expliqué que Kalev est un prénom dérivé du mot *kveldúlfr* qui signifie « loup du soir », tandis qu'Arielle veut dire « lionne de dieu » en hébreu. Les termes « loup du soir » et « lionne de dieu », dans les anciens écrits scandinaves, font tous les deux référence à la lune. Se peut-il alors que les médaillons demi-lunes soient en fait des êtres humains ?

— Arielle et Kalev, si tu veux mon avis, lui a alors répondu Hati.

« La victoire des forces de la lumière sera totale après le passage des trois Sacrifiés, lorsque les deux élus ne feront plus qu'un », disait la prophétie. Razan en a alors déduit que pour accomplir cette dernière, pour libérer les humains du joug de Loki et d'Angerboda, Arielle doit s'unir à Kalev. *Rien d'étonnant à ce que Kalev se soit emparé de mon corps*, songe Razan. *Ce n'est pas avec la carcasse peu ragoûtante de Karl Sigmund que Kalev peut espérer séduire Arielle.*

— Elle saura que ce n'est pas moi, déclare Razan avec la voix éraillée de Sigmund.

Il espérait ainsi faire disparaître le sourire de son rival, mais n'y réussit pas.

— Ton erreur a toujours été de me sous-estimer, cher Razan. Il y a eu Noah, puis toi. Maintenant, c'est à mon tour. L'élu de la prophétie, c'est moi et seulement moi, le digne fils et successeur de Markhomer. Il en est ainsi depuis le début, depuis l'arrivée sur terre des elfes noirs, vas-tu enfin t'y résoudre? Arielle Queen sera à moi, que tu le veuilles ou non!

La rage au cœur, Razan tente de se défaire des liens qui le maintiennent prisonnier sur son siège. Il n'a qu'une envie : mettre son poing dans la figure de Kalev, même si cette figure est en réalité la sienne. Devant les regards impassibles de Kalev, de Hati et de l'armée de fulgurs qui les accompagne, Razan se débat avec l'énergie du désespoir. Le corps de Sigmund n'est pas des plus robustes, et Razan comprend vite que ses efforts sont inutiles : dans cette enveloppe charnelle faible et fragile, il n'arrivera à rien. Une fois calmé, il cherche dans la soute un outil qui pourrait lui permettre de se libérer, en vain : il n'y a rien à sa portée. L'intérieur du transporteur militaire dans lequel ils se trouvent tous a certainement été dégarni dans ce but, justement afin d'éviter que les prisonniers puissent se servir d'une arme ou d'un objet quelconque pour blesser l'un de leurs ravisseurs ou même s'échapper. *De toute façon, à plusieurs milliers de mètres d'altitude, à quoi bon s'échapper?* conclut Razan.

— Il est temps de te révéler la surprise que je te réservais, mon cher Razan, déclare Kalev en s'installant lui aussi sur un siège et en bouclant une solide ceinture à quatre sangles sur lui. Allez-y! ordonne-t-il ensuite à l'intention d'un chevalier fulgur qui se tient debout, tout près de la paroi séparant le poste de pilotage de la soute.

Le fulgur est attaché à un harnais et porte un masque à oxygène. Il ne faut pas plus de quelques secondes aux autres passagers pour installer à leur tour un pareil masque sur leur visage. Seul Razan en est privé, ce qui, évidemment, ne lui inspire rien de bon.

Une fois que Kalev, Hati et les autres ont mis leur masque, le fulgur au harnais appuie sur une série de commandes, ce qui déclenche le mécanisme d'ouverture de la soute. Un bruit mécanique résonne alors dans l'appareil, puis une large porte s'ouvre dans le plancher, à l'extrémité du compartiment, tout près de ce qui semble être la queue de l'avion. L'air du compartiment est aussitôt évacué, puis vrombit une rafale qui emporte tout sur son passage. Si les passagers n'étaient pas solidement attachés à leur siège, ils seraient tous aspirés vers l'extérieur.

— Pour toi, je souhaitais une mort mémorable ! crie alors Kalev à travers son masque. Pour ne pas dire... remarquée ! Au revoir, capitaine Razan ! ajoute-t-il ensuite, tout en adressant un signe au fulgur qui se trouve à la gauche du prisonnier.

Celui-ci sort alors un couteau de sa poche et coupe les liens qui maintiennent Razan, en plus de trancher les sangles de sa ceinture. Razan est alors éjecté de son siège et projeté en direction de la porte ouverte de la soute, comme s'il y était attiré par un aimant. Il tente de s'accrocher à ce qu'il peut, pour éviter d'être tiré à l'extérieur de l'appareil, mais n'y parvient pas. Une puissante rafale le jette hors de l'avion et il se retrouve seul, en plein ciel. Sous lui, il n'y a que l'océan, sombre et menaçant, vers lequel il tombe en chute libre.

Sa seule pensée est pour la gamine, Arielle Queen. Cette fois, c'est bien la fin, il ne la reverra plus. Il regrette soudain ce baiser échangé avec Hati dans le métro de New York. Il l'avait agrippée par le bras et l'avait tirée vers lui, puis lui avait donné un long baiser. La jeune alter avait résisté au début, mais avait fini par répondre au baiser.

— Tu as ressenti quelque chose? lui avait ensuite demandé Hati, qui se doutait bien pour quelle raison Razan l'avait embrassée.

— Non, rien, avait répondu ce dernier, qui n'avait à ce moment-là que l'image d'Arielle Queen en tête.

— Alors, tu as ta réponse maintenant.

Razan avait acquiescé. Évidemment qu'il avait sa réponse. Mais cette réponse, il la connaissait bien avant ce jour-là.

— Où est-elle? avait demandé Razan à Geri et à Freki.

Il faisait allusion à Arielle, bien sûr. Ce baiser, Razan l'avait cru nécessaire pour confirmer qu'il était bel et bien amoureux de la jeune élue. Et amoureux, il l'était depuis bien longtemps, même s'il n'acceptait cette réalité que depuis peu.

Mais comment peut-il penser à tout cela, alors qu'il continue de descendre vers la mer à une vitesse de plusieurs mètres par seconde? Ne devrait-il pas être mort depuis longtemps? Ne devrait-il pas avoir manqué d'air ou succombé à une crise cardiaque, ou quelque chose du genre? N'est-ce pas la façon dont on meurt lorsqu'on est balancé dans le vide à une telle altitude? Razan n'a pas le temps d'y songer davantage; quelque chose vient le happer et le fait dévier considérablement de sa trajectoire. Un oiseau? Non, il serait déjà mort. Cette chose qui l'a heurté, il la sent encore près de lui, comme si elle s'était agrippée à lui, ou plutôt, comme si elle l'avait attrapé en plein vol. Mais est-ce réellement possible ? Une seconde plus tard et plusieurs mètres plus bas, il réalise ce qui vient de se produire : dans son champ de vision, la mer et le ciel sont remplacés par le visage souriant de Hati.

— Ça fait quel effet d'être sauvé par une fille ? lui crie-t-elle dans l'oreille, avant de resserrer sa prise sur le jeune homme et de l'entraîner avec elle vers le seul bout de terre qui point à l'horizon.

Hati est une alter, et Razan sait que ces derniers peuvent voler à tout moment de la journée, depuis que la lune cache le soleil en permanence dans le ciel. Elle a sans doute quitté l'avion après lui et a foncé dans sa direction pour le rattraper, à la manière de Superman.

Tous les deux survolent l'océan jusqu'à l'approche des côtes. Là, Hati décide de réduire son altitude. Ils se posent en douceur sur la grève, mais Razan, encore étourdi par ce qui vient de lui arriver, ne peut garder son équilibre et s'effondre par terre, entre le sable et le gravier.

— Nous voilà de retour sur le Calf of Man, l'informe Hati. Le *Nocturnus* doit encore s'y trouver.

Elle a raison, se dit Razan. *Je l'avais oublié, ce vieux coucou.* Le *Nocturnus* est une ancienne version du *Danaïde*. Ils se sont servis de cet avion hypersonique pour quitter New York et rejoindre l'île de Man.

— Mais qu'est-ce qui t'a pris ? lui demande Razan en tentant de se relever. Pourquoi tu as sauté ? Pour me sauver ? J'y crois pas !

Le jeune homme ne parvient pas à se redresser et se retrouve une nouvelle fois sur le sol.

— Ce sont les seuls remerciements auxquels j'ai droit ? s'étonne la jeune alter avec une pointe de déception. Je m'attendais à autre chose.

— À quoi, par exemple ? fait Razan sans la regarder. Un baiser ? Oublie ça, chérie.

Hati tend la main à Razan et le tire vers elle pour le remettre sur ses pieds. Le garçon chancelle pendant un moment, mais parvient tout de même à se tenir debout. Il lui faut encore quelques minutes pour récupérer complètement, le temps pour Hati de trouver un chemin qui mène dans les terres.

— Alors, tu viens ? lui lance-t-elle, du haut d'une petite colline rocailleuse.

— Et pour aller où ?

— Retrouver ta copine. Avec un peu de chance, elle se trouve encore sur l'île.

— Tu es sérieuse ?

— J'ai l'air de rigoler ?

Razan peut-il faire confiance à la jeune femme ? Après tout, c'est à cause d'elle s'il s'est retrouvé entre les mains de Kalev.

— Qui me dit que ce n'est pas un autre piège ?

— Soit tu restes ici, soit tu viens avec moi, lui répond Hati d'un ton tranchant. Mais décide vite, humain. J'ai trahi Kalev pour toi, tâche de t'en souvenir.

Humain ? Elle a bien dit humain ?...

— Ne m'appelle pas comme ça !

— Et pourquoi pas ?

— Je déteste les humains.

— Mais tu es humain, non ? Tu es même amoureux de l'une de leurs femelles !

— Je ne sais plus ce que je suis. J'ai tout d'abord été alter, puis on m'a réduit à un simple dédoublement de personnalité. Les humains, ce sont Noah et Kalev.

— Ne dis pas ça. Tu es le seul espoir d'Arielle Queen. Sans toi, elle demeurera prisonnière de l'ombre pour toujours.

— Et qu'est-ce que je dois faire, hein ? Elle ne se souvient même plus de moi. Et me retrouver dans ce corps, ça n'a rien pour aider. Même si elle retrouvait la mémoire, elle ne voudrait pas de moi. Je suis Karl Sigmund à présent.

Hati redescend le coteau et se rapproche de Razan.

— Moi, je sais qui tu es. Tu es Tom Razan. Le capitaine Tom Razan.

— Tu vois, même ce nom n'est pas réel. Razan, ce n'est que l'inverse de Nazar. Ce prénom, Tom, et ce grade de capitaine, ce n'est que de la frime. Les alters n'ont pas de prénom. C'est moi qui ai tout inventé.

— Mais tu as bien été capitaine dans la garde de Loki, non ?

— Si brièvement que ça ne vaut pas la peine de le mentionner.

Hati dépose une main compatissante sur l'épaule de Razan.

— Il est pas si mal, Sigmund, tu sais, lui dit la jeune alter pour le réconforter.

Razan prend alors quelques secondes pour examiner son nouveau corps, ce qu'il n'a pas eu le temps de faire jusqu'ici. Le corps de Sigmund est grand et élancé. Peu robuste, il est vulnérable aux coups et à la maladie. Il passe une main dans sa chevelure et sur son visage. Ses nouveaux cheveux sont mi-longs et bouclés. Ils sont de couleur brun-roux, d'après une mèche que Razan tire devant ses yeux. Une barbe recouvre la partie inférieure de son visage émacié.

— Tu me donnes quel âge?

— La quarantaine, répond Hati. Mais une belle quarantaine.

— Hé! Ça suffit! rétorque Razan, de mauvais poil. Ne me prends pas pour un idiot, veux-tu! J'ai déjà vu Karl Sigmund. Il a l'air d'un grand efflanqué, chétif et malade.

— Moi, je lui trouve des airs de Robert Pattinson, le rassure une fois de plus Hati avec un clin d'œil. En plus âgé, bien sûr.

La jeune alter approche son visage de celui de Razan et pose un baiser sur ses lèvres.

— Je te trouve très bien comme ça, moi, dit-elle ensuite avec le sourire. Je m'en contenterais, tu sais.

Razan hoche la tête, un peu mal à l'aise.

— Qui c'est, ce Pattinson?

— Un vampire.

— Je déteste les vampires.

8

Hati et Razan quittent la grève et marchent jusqu'à la petite ferme, unique bâtiment de l'îlot, tout près de laquelle s'est posé le Nocturnus.

L'appareil se trouve derrière la rangée d'arbres qui borde la ferme. Apparemment, il n'y a personne dans le bâtiment, ni autour.

— Cette fermette est devenue un centre orni-thologique, explique Hati. Il est habité la plupart du temps par des scientifiques. C'est un territoire protégé. Les scientifiques sont les seuls qui ont accès à cet endroit, sauf en période de reproduc-tion des oiseaux.

— Et c'est maintenant, je suppose, fait Razan.

— Bien deviné. Allez, dépêche-toi. Tu te sou-viens comment piloter ce type d'engin ? demande la jeune alter à son compagnon tout en indiquant le *Nocturnus*.

— Tu as oublié comment faire de la bicyclette, toi ?

Razan et Hati montent à bord de l'appareil, activent le mécanisme de fermeture de la porte, puis prennent place respectivement dans le siège du pilote et du copilote. Derrière eux, les sièges des six passagers sont vides. Après les vérifications d'usage, Razan allume les réacteurs et s'apprête à appuyer sur les manettes de poussée, lorsqu'il aperçoit au travers du pare-brise une ombre qui se pose devant l'appareil.

— Qui c'est, ça? demande-t-il en se tournant vers Hati.

— Aucune idée, répond-elle en avançant son visage vers la vitre pour mieux voir. Mais c'est un alter, j'en suis certaine. Il est tout d'abord apparu dans le ciel, puis s'est posé doucement. Et comme les superhéros n'existent pas…

— Et qu'est-ce que je suis, moi, à ton avis?

Razan éteint les moteurs, puis détache sa ceinture et retourne dans la cabine des passagers.

— Mais… Mais qu'est-ce que tu fais? lui demande Hati.

— Je vais voir qui c'est!

— Hé! Attends-moi! Si c'est un alter, il va…

— Si c'est un alter, je vais lui casser la gueule, ça me fera du bien!

Une fois la porte de l'appareil ouverte, Razan dévale l'escalier rétractable, suivi de près par Hati qui tente de le convaincre de renoncer à son imprudente initiative.

— Ça nous fait perdre du temps, Razan! peste la jeune alter. En plus d'être inutile et dangereux.

Le jeune homme n'entend rien. D'un pas plus décidé que jamais, il s'avance vers la silhouette, dont les contours commencent à se préciser. Cette dernière s'approche également, mais d'une manière beaucoup plus hésitante.

— Salut, Razan, dit la silhouette, d'une voix familière.

Razan s'arrête. Ses yeux s'habituent graduellement à l'obscurité. Malgré cela, il n'arrive pas encore à discerner tout à fait son vis-à-vis.

— Viens par ici, ordonne Razan en espérant que le nouveau venu s'approchera suffisamment pour être éclairé par les phares du *Nocturnus*.

La silhouette obéit et marche jusqu'à ce que son corps soit enveloppé entièrement par le halo de lumière diffusé par l'avion hypersonique.

— Boule de poils! lance Razan en reconnaissant les traits familiers de l'animalter.

— Tu as pris un coup de vieux, on dirait, répond ce dernier.

— Tu m'as reconnu? Surpris de me voir vivant?

— Pas vraiment. On m'a tout expliqué.

Razan ne cache pas son étonnement.

— Expliqué? Qui t'a expliqué?

— Mon petit doigt, répond Brutal, jugeant que le moment n'est pas encore venu de lui parler de Silver Dalton.

Après s'être attardé sur les vêtements de l'animalter, Razan ne peut s'empêcher d'émettre un commentaire:

— Tu reviens de la guerre ou quoi?

À son tour, Brutal jette un coup d'œil à son uniforme abîmé et couvert de sang séché par endroits, puis déclare:

— Je les ai empruntés à un type, qui n'était pas dans la meilleure forme.

— Tu dépouilles les morts, maintenant?

— Tu te serais moqué de ma première tenue, Razan. C'est pour toi que j'ai fait ça.

— Allez, je te crois.

La jeune alter s'approche de Razan.

— Je suis Hati, se présente-t-elle.

— Enchanté, dit Brutal. C'est toi qui es à la tête du Clair-obscur, non?

— Il n'y a plus de Clair-obscur, lui révèle-t-elle. Les maquisards sont tous morts dans l'Helheim.

— Alors, tu as décidé de t'allier à Kalev de Mannaheim? Choix judicieux, consent Brutal d'un ton ironique. Autant t'associer avec le diable.

— C'est pour combattre le diable, justement, que j'ai demandé l'aide de Kalev. Mais disons qu'il a un tempérament quelque peu impulsif, il faut bien l'admettre.

— Impulsif? fait Razan en riant. Il m'a balancé hors de son avion!

— C'est vrai, concède Hati, mais il a le même objectif que nous: débarrasser l'humanité de Loki et d'Angerboda. Tôt ou tard, il faudra collaborer avec lui et ses chevaliers fulgurs.

— Ça, tu le fais déjà, chérie, rétorque Razan, amer.

Hati laisse s'écouler quelques secondes, puis reprend:

— Je ne souhaite qu'une chose: éliminer la menace qui pèse sur votre monde.

Razan semble douter des motifs de la jeune femme.

— Et pourquoi donc ? Je veux dire, qu'est-ce que tu y gagnes exactement ? Si Loki et Angerboda sont détruits, les alters disparaîtront, non ? C'est carrément du suicide, ton truc.

— Les maquisards du Clair-obscur se sont révoltés contre les dieux du mal pour une seule raison, Razan. Ils souhaitaient défendre une chose qui paraît vous échapper de plus en plus, à vous, les humains : l'amour. Comment les maquisards et moi avons-nous abouti dans l'Helheim à ton avis ? Eh bien, sache que nous avons aimé des humains, et que l'amour nous a tués à cause de notre nature démoniaque. Nous nous sommes tous retrouvés prisonniers du Galarif, avant que mon père, le dieu Tyr, nous aide à nous échapper de cette prison. Lorsque Loki est parvenu à m'expulser de l'Helheim après une défaite des maquisards, Tyr a convaincu Odin de me laisser revenir ici, dans le royaume de Mannaheim. Ce fut l'un des plus beaux cadeaux qu'il m'ait été donné de recevoir. Je ne veux plus être un démon, Razan, tu comprends ? Je veux faire le bien autour de moi dorénavant. Je souhaite que l'amour dure toujours, qu'il se perpétue. J'ai promis à mon père de faire tout ce qui était en mon pouvoir pour favoriser le renouveau. Et sans amour, ce renouveau ne surviendra pas. L'amour est, je crois, la seule véritable chose qui vaille la peine qu'on se batte et qu'on meure pour elle. Et si j'y arrive, si par mon sacrifice l'avènement de mon père est rendu possible, alors j'aurai gagné, et cette victoire sera ma rédemption.

Razan et Brutal gardent le silence. Sa tirade était assez convaincante, selon Razan. Mais Hati a déjà prouvé qu'elle peut être une très bonne actrice.

— Et ton père, c'est supposé être notre sauveur? demande Razan sans cacher sa méfiance. Que va-t-il faire de plus qu'Odin et toute sa bande de détraqués?

— Mon père est amour, répond Hati.

— Arrête, je vais pleurer.

— Qui t'a parlé du dix-huitième chant, Razan, alors que c'était la seule façon de sauver ta chère Arielle? Le dix-huitième chant de puissance ne chante-t-il pas ce qu'Odin n'enseigne jamais aux hommes?

Le jeune homme se souvient de sa conversation avec le dieu Tyr dans la fosse nécrophage d'Orfraie, alors qu'Arielle s'était transformée en créature démoniaque et que lui seul, selon le dieu, pouvait la libérer de cet état.

— Le dix-huitième chant, c'est celui que tu interprètes en ce moment même! avait prétendu le dieu. C'est ce qu'il te faut transmettre à Arielle, afin de l'éloigner de son instinct malveillant et la ramener au côté lumineux.

— Je ne connais aucun « dix-huitième chant », avait rétorqué Razan.

— Le dix-huitième chant dévoile aux hommes ce qu'Odin ne leur enseigne jamais. Et il n'y a qu'une chose qu'Odin n'enseigne pas aux hommes. Une chose qui est plus forte que tout. Qui à elle seule peut anéantir tous les démons de l'univers connu.

— Le *fast-food*? s'était moqué Razan.

Tyr avait fait non de la tête.

— L'amour.

Razan fixe Hati sans rien dire. Pas question de lui révéler ce que Tyr a partagé avec lui ce jour-là; il craint beaucoup trop que ces détails n'enfoncent davantage la jeune femme dans son délire. *Il faut être rationnel,* se dit Razan. *Ce n'est pas le moment de tomber dans l'émotivité.*

— Alors, Razan? fait la jeune alter. N'est-ce pas à une génération d'amour qu'il nous faut tous aspirer?

Razan se tourne alors vers Brutal, ne sachant pas quoi penser de tout cela. Il espère que l'animalter viendra à sa rescousse, qu'il n'y verra, tout comme lui, que les élucubrations d'une jeune alter en mal d'amour, mais il n'en est rien.

— Selon Jason, déclare Brutal en se rappelant une conversation avec le jeune fulgur, les anciens érudits fulgurs disaient que ce chant renfermait à lui seul les paroles des six derniers chants, associés aux six dernières runes, les Clefs de Skuld. Les runes et leurs chants devraient, en principe, témoigner des derniers événements de la mythologie. Ils nous raconteront sa conclusion: «Lorsque le chant que personne ne connaît sera entendu, et que le témoignage des six dernières runes sera révélé, l'histoire des hommes et de Midgard, qu'on croyait inachevée, connaîtra enfin son dénouement.» J'ai une mémoire phénoménale, pas vrai?

— C'était nécessaire, boule de poils?

— Quoi? Mais qu'est-ce que j'ai fait?

Razan observe tour à tour l'alter et l'animaltèr.

— Vous me faites rire, tous les deux! s'exclame-t-il finalement. Vous y croyez vraiment, à tous vos trucs débiles? Moi, je vis dans la réalité, pas dans cette foutue mythologie!

N'empêche que Tyr avait aussi abordé le sujet des Clefs de Skuld lors de leur conversation, se souvient Razan: «Tout repose sur l'amour, avait dit le dieu. Sans l'amour, rien ne s'accomplira. Il faudra le véritable amour d'une femme et d'un homme pour découvrir les six derniers chants d'Odin et sauver votre monde. Il n'y a que ces six chants secrets qui peuvent déverrouiller le portail gardé par Skuld, la Norne du futur, et permettre à l'humanité de voyager vers son avenir. Sans ces six chants, que l'on appelle aussi les Clefs de Skuld, les hommes n'auront plus aucun avenir, plus aucun destin, et la fin du monde arrivera sans prévenir. Du jour au lendemain, tout s'arrêtera. Les hommes disparaîtront et leur histoire se terminera sur un mystère qui ne sera jamais résolu.»

— Les Clefs de Skuld font bel et bien partie de la réalité, Razan, déclare Hati, ce qui tire le jeune homme de ses pensées. La première est déjà de ce monde, et tu la connais très bien.

Razan se demande ce qu'elle va lui débiter cette fois.

— OK, ça suffit, les mystères. Tu parles de quoi au juste?

— Le dix-huitième chant représente ton amour pour Arielle, celui que tu as toujours éprouvé. Il a libéré les six dernières runes, qui à la fin seront au nombre de vingt-quatre. Chaque élue Queen représente une rune. Elles sont d'ailleurs bien visibles sur leur visage maintenant. La dix-neuvième rune, celle d'Arielle, est représentée par un M. Cinq autres suivront.

— Cinq autres ? fait Brutal, qui essaie de comprendre. Tu veux dire qu'Arielle ne représente pas la dernière rune ?

— Elle est la première des six dernières. Si elle est encore vivante aujourd'hui, c'est grâce au dix-huitième chant, et donc, à l'amour de Razan.

Brutal demeure interdit. Quant à Razan, il est curieux de savoir où tout ce babillage va les mener.

— Si les six dernières runes sont les Clefs de Skuld, souffle Brutal, alors, ça signifie que la première Clef est…

— Arielle, complète Hati à la place de Brutal.

— Et voilà ! lance Razan en levant les yeux au ciel.

Pourquoi ne s'était-il pas attendu à pareille énormité ?

— Qui sont les cinq autres ? demande l'animalter.

— Arielle n'est pas la dernière descendante de la lignée Queen. Si tout fonctionne comme prévu, elle aura quatre filles et une petite-fille, les cinq dernières Clefs de Skuld.

La voix de Tyr résonne de nouveau dans l'esprit de Razan : « *Sans ces six chants, que l'on appelle aussi les Clefs de Skuld, les hommes n'auront plus aucun avenir, plus aucun destin, et la fin du monde arrivera sans prévenir.* »

Brutal y va d'une nouvelle question, une des plus importantes, à en croire le dieu Tyr :

— Comment s'assurer que les dernières Clefs de Skuld seront libérées ?

— À cela, je ne peux pas répondre, admet tristement Hati.

— Et si on commençait par libérer Arielle, hein ? déclare Razan, à bout de patience. Tu ne saurais pas où elle se trouve, par hasard ? demande-t-il ensuite à Brutal.

— J'ai peut-être une idée, oui.

Razan hoche la tête avec un nouvel enthousiasme. *Enfin, on avance,* se dit-il, heureux que la discussion soit revenue à des bases plus concrètes.

— Encore ton petit doigt ? Parfait alors. Embarquement immédiat ! lance le garçon en désignant du pouce le *Nocturnus* derrière lui. Tu viens avec nous ?

— Je déteste l'avion, fait Brutal.

Razan échange un regard avec Hati, puis revient à l'animalter :

— Faut ce qu'il faut, mon gars.

9

*Un bruit assourdissant, semblable
au grondement du tonnerre, les force
tous à lever les yeux vers le ciel.*

Même Mastermyr, surpris par cette intervention impromptue, suspend son assaut final contre Ael pour lever la tête. Le grand elfe, comme tous les autres, découvre rapidement l'origine de ce bruit. Il est produit par les réacteurs d'un gros avion noir qui descend vers eux à la verticale.

— C'est quoi, ce truc ? fait Jason, ébahi. On dirait…

— Le *Danaïde*…, complète Noah, qui n'accorde plus la moindre attention à son prisonnier.

— Une autre version du *Danaïde*, les corrige Ael, qui se souvient d'avoir lancé le vieil appareil contre un immense troll des montagnes lors d'une confrontation avec les sylphors au manoir Bombyx.

Profitant de ce moment de confusion pour échapper à la vigilance de leurs ennemis, Ael et

Jason se remettent lentement sur leurs jambes, puis reculent vers un endroit plus sûr.

— Ça va ? demande Jason à sa compagne lorsqu'ils se trouvent enfin à proximité l'un de l'autre.

Ael ne répond pas. Elle continue de fixer l'appareil en silence. Celui-ci n'est plus qu'à quelques mètres au-dessus d'eux. La puissance et le bruit des réacteurs sont tels qu'Arielle et ses alliés doivent également se replier pour éviter d'être assourdis ou encore brûlés par les gaz de combustion. La poussée demeure régulière et l'appareil, stable, jusqu'à ce qu'il se pose enfin.

Réalisant qu'Ael et Jason leur ont échappé, Noah et Mastermyr contournent alors l'avion et se lancent à leur poursuite. Ael ne parvenant pas à détacher son regard de l'avion, Jason est le premier à apercevoir le duo qui accourt vers eux avec une hargne et une détermination non dissimulées. Le fulgur attrape alors Ael par le bras et la force à le suivre. Ils réussissent à atteindre les ruines d'un ancien muret et à se mettre à l'abri derrière, lorsqu'un panneau s'ouvre sous l'avion et qu'une mitrailleuse de gros calibre en surgit. L'arme pivote sur elle-même et commence à tirer en direction des deux poursuivants. La première rafale atteint Mastermyr au milieu du dos. Les projectiles n'arrivent pas à transpercer la solide armure de l'elfe, mais sont suffisamment puissants pour l'envoyer rouler sur le sol.

Voyant qu'il est seul, Noah s'arrête. La mitrailleuse est sans doute braquée sur lui, n'attendant qu'un seul mouvement suspect de sa part pour le supprimer, et devant lui, le grand elfe ne semble pas vouloir se relever. Pas question d'affronter seul un fulgur et une Walkyrie. Derrière le muret, Ael et Jason remercient le ciel de cette intervention. Mais qui peut bien se trouver à l'intérieur de cet engin?

Une porte s'ouvre alors sur le flanc de l'appareil, au même moment où se déploie un escalier rétractable qui relie l'avion au sol. Deux hommes en sortent. L'un d'eux tient une épée. Tandis qu'il se dirige vers Noah et Mastermyr, l'autre homme s'empresse d'aller retrouver Arielle, qui s'est réfugiée tout près de l'entrée du passage souterrain menant au château de Peel.

— Lâche ton arme, Noah! crie l'homme à l'épée.

Noah obéit sans protester. Il ouvre la main et laisse tomber sa lame fantôme.

— Mon nom est Nazar! rétorque Noah, avant de réaliser que la voix du nouveau venu lui est familière. Mais... je te connais! dit-il ensuite.

— Bien sûr que tu me connais, ricane l'homme. Je suis celui qui va te botter le derrière. Te rappelles-tu ce que je t'ai dit à Berlin, près du Reichstag? « Sera haché menu comme chair à pâté celui qui souhaite du mal à ma maîtresse. »

— Brutal...

— Miaou, c'est bien moi.

— Mais comment...

— Plus tard, les explications, le coupe l'animalter. En attendant, retourne-toi et amène tes fesses ici. Même chose pour vous, le cow-boy et la grande guerrière!

Ael et Jason, plus soulagés que jamais, abandonnent leur muret et entament leur progression vers Brutal.

— Je croyais qu'il s'était transformé en tigre ou quelque chose du genre, murmure un Jason perplexe à l'intention d'Ael.

— Eh bien, tout est rentré dans l'ordre, apparemment, et je me fous de savoir pourquoi. Il nous a tirés d'affaire, non? Ça me suffit.

Au passage, le fulgur et la Walkyrie jettent un coup d'œil à Mastermyr qui ne bouge toujours pas. Il demeure étendu sur le sol, face contre terre, immobile.

— Qu'est-ce qui lui est arrivé à ton avis? s'enquiert Jason.

Ael se penche un instant et examine le corps du grand elfe.

— Il est blessé, mais toujours vivant, dit la jeune femme. Les balles de cette mitrailleuse l'ont salement amoché. Pas si magique que l'on croit, cette armure. Sans doute que le défaut de sa cuirasse se trouve à l'arrière. Une excellente chose à retenir.

— À retenir? répète Jason, estomaqué. Quoi, tu ne veux pas l'achever tout de suite, alors qu'il est vulnérable?

— J'en aurais bien envie, répond Ael sans cesser d'observer le corps du grand elfe. Mais quelque chose me dit que je le regretterais. Le moment n'est pas encore venu pour lui. Il y a quelque chose à propos de lui et d'Elizabeth qui...

La jeune Walkyrie ne termine pas sa phrase. Jason s'attend à ce qu'elle poursuive, mais elle ne fait que relever la tête, l'air songeur.

— Alors, vous venez ? leur crie Brutal, de retour près de l'avion en compagnie de Noah, qu'il garde bien à l'œil. On n'a pas toute la nuit, les copains !

Ael hoche la tête en silence, puis reprend sa marche vers l'avion, abandonnant derrière elle le jeune fulgur et le corps inerte de Mastermyr.

— Mais Ael, insiste Jason, qu'est-ce qu'on fait de Mastermyr ?

Ael ne s'arrête pas.

— On ne fait rien, dit-elle sans se retourner. Pour l'instant.

Jason pose une dernière fois ses yeux sur l'Elfe de fer. Après avoir poussé un long soupir, il se décide enfin à emboîter le pas à sa compagne. Tous les deux se rendent jusqu'à l'appareil, pour constater que l'autre homme, celui qui n'est pas armé et qui s'est dirigé vers Arielle, a les traits de Karl Sigmund.

— Kalev ! se réjouit Ael tout en allant vers son maître.

Jason rappelle alors ses marteaux mjölnirs, qui reposaient non loin de l'endroit où Noah l'avait tenu en respect un peu plus tôt. De nouveau en possession de ses armes, le fulgur s'avance à son tour vers Kalev.

— Que tu le veuilles ou non, chérie, annonce Jason à Ael, celui-là, je lui fais sa fête !

— Holà ! On se calme, cow-boy, intervient immédiatement Brutal. Range tes outils, ce gars-là n'est pas Kalev.

— Bien sûr que c'est lui, réplique le fulgur.

— La chaise musicale, tu connais ? Le vol de corps est à la mode, ces temps-ci. Au point de ne plus savoir qui est qui. Moi-même, j'ai vécu dans le corps d'une panthère, avant de découvrir que ma conscience était également squattée par l'esprit d'un Tyrmann. Et Noah se trouve bien dans le corps de Tomasse Thornando, non ? Alors, pourquoi la carcasse de Sigmund ne pourrait-elle pas être occupée par quelqu'un d'autre ?

— Si ce n'est pas Kalev, alors dis-moi qui c'est !

Brutal se racle la gorge avant de répondre :

— Tu connais un vaurien du nom de… Tom Razan ?

— Tu veux rire ?!…

10

Dès que la porte du Nocturnus
est ouverte, Razan en sort,
accompagné de Brutal.

Une fois l'escalier descendu, Razan se précipite aussitôt en direction d'Arielle, qu'il n'a aucun
problème à retrouver, tandis que Brutal se dirige
vers l'avant de l'appareil, là où devraient se
trouver Noah et l'Elfe de fer, qu'ils ont repérés
pendant l'atterrissage. À l'intérieur de la cabine,
Hati leur a dit de ne pas s'en faire : le *Nocturnus*
dispose de l'équipement nécessaire pour neutra-
liser Mastermyr. Et elle n'a pas menti : les tirs en
rafale de la mitrailleuse lourde dont est équipé
l'appareil ont suffi pour terrasser le grand elfe.

Razan ralentit sa course à l'approche d'Arielle.
Cette dernière avance lentement vers lui, tout en
conservant un air méfiant.

— Qui es-tu ? lui demande-t-elle.

Il s'immobilise complètement. Cette question,
elle l'a déjà posée au jeune homme dans le château

de Peel, alors qu'il était toujours en possession de son corps. Sous cette apparence, elle peut encore moins le reconnaître, ce qui compliquera davantage la mission que Razan s'est donnée : la convaincre de venir avec lui.

— Je suis Razan, lui dit-il. Mais ce corps n'est pas le mien. C'est une longue histoire, alors…

— Tom Razan ? l'interrompt Arielle.

Il fait oui de la tête.

— On s'est rencontrés il n'y a pas très long-temps, lui dit Razan, faisant référence à leur bref entretien dans le château de Peel : « Arielle, c'est moi, lui avait-il dit alors. Je ne suis pas mort. Je suis vivant. Et je suis revenu pour toi. »

Mais Arielle avait oublié qui il était.

« C'est moi, Razan, avait alors insisté le jeune homme. Je suis venu te chercher, princesse. Tu viens avec moi ? »

Elle avait secoué la tête.

« Mon père est parti, avait-elle déclaré ensuite. Mais avant de partir, il m'a confié ce territoire. Et j'ai le devoir de le faire prospérer. »

Razan n'avait pu y croire : cette jeune femme qui se tenait devant lui à ce moment n'avait plus rien de la véritable Arielle Queen, son Arielle Queen, et cela l'avait terriblement peiné.

« Si j'en crois tes paroles, avait-elle poursuivi, il fut une époque où nous étions amis tous les deux, mais ce temps est révolu : je ne suis plus celle que tu as connue, ou que tu crois avoir connue. Désormais, on me nomme Arihel », avait-elle précisé de façon à ce qu'on comprenne bien que son nom se terminait désormais par les lettres H-E-L.

Razan s'était alors rapproché de la jeune élue, mais Arielle l'avait sauvagement repoussé au bas de l'escalier de marbre. Plus tard, après l'arrivée des renforts alters et la mort des dobermans, ils s'étaient de nouveau retrouvés face à face, et Razan l'avait suppliée de l'écouter :

« Tu ne peux pas m'avoir oublié, princesse, je...

— Je ne suis pas une princesse, avait répondu Arielle. Je suis une reine ! »

Ils s'étaient jaugés un moment, puis Razan avait demandé :

« Mais qui es-tu donc ?

— Je ne sais pas », avait répondu Arielle.

Dans un élan de compassion, Razan avait caressé la joue de la jeune femme. Incapable de se retenir plus longtemps, il lui avait enfin avoué ses sentiments :

« Je t'aime. »

Arielle n'avait pas réagi, contrairement à ce qu'il espérait. Elle le toisait toujours fixement, sans la moindre expression sur le visage.

« Dommage... » avait-elle donné pour toute réponse.

Puis elle avait brandi son épée de glace et s'en était servie pour assommer Razan. Il s'était promis de faire les choses différemment la prochaine fois qu'il la verrait, mais maintenant qu'il se trouve de nouveau face à elle, il a l'impression de répéter le même manège ridicule, de refaire les mêmes erreurs : « Je suis venu te chercher, princesse. Tu viens avec moi ? » s'apprête-t-il à lui dire, tout comme lors de leur dernière rencontre, mais il se ravise au dernier moment.

— Je sais que tu m'aimes, toi aussi.

Cette déclaration inattendue paraît surprendre la jeune élue. Pendant un instant, elle observe le garçon avec curiosité, puis elle ouvre la paume de sa main et invoque son arme de glace :

— *Nasci Modi !*

Le bracelet qui orne le poignet d'Arielle amorce aussitôt sa transformation : son aspect et sa matière sont rapidement altérés, devenant à la fois plus brillants et plus souples. L'objet se liquéfie au point de ressembler à une grosse goutte d'eau. En une seconde à peine, cette dernière quitte en ondulant le poignet d'Arielle pour aller se loger dans sa paume, où elle se solidifie en prenant la teinte bleutée de la glace éternelle. Dès qu'Arielle referme la main sur la poignée de glace, celle-ci se déploie en une longue et magnifique épée. Razan, surpris par l'apparition soudaine de l'arme, ne peut réfréner un mouvement de recul.

— Arielle, je ne te veux pas de mal ! déclare le jeune homme tout en levant les bras et en exposant ses mains vides, pour lui montrer qu'il n'est pas armé.

— Qu'est-ce que tu veux, alors ?

— Toi ! C'est toi que je veux !

— Pourquoi ?

— Parce que je suis amoureux de toi.

— Amoureux ?

— Je t'aime ! Combien de fois me faudra-t-il te le répéter ?!

Les traits d'Arielle, auparavant impassibles, témoignent à présent d'un trouble certain. Razan sent le conflit qui s'agite en elle. *Mon Arielle est toujours là, quelque part*, se réjouit-il. *Il y a une partie d'elle qui subsiste encore chez cette créature.*

— Je n'ai pas peur de toi! affirme soudain la jeune femme avec vigueur, comme si elle souhaitait convaincre son interlocuteur.

— Mais qui a dit que tu devais avoir peur?

— Si tu ne recules pas, elle va te découper en morceaux! lance soudain la voix de Hati depuis le sas du *Nocturnus*.

La jeune alter a quitté son siège de copilote et se tient à présent devant la porte ouverte de l'appareil.

— Elle ne me fera pas de mal, soutient Razan.

— Tu es prêt à en prendre le risque?

Il ne répond pas cette fois. Son regard est toujours fixé à celui de sa bien-aimée.

— Je n'ai pas toujours été gentil avec toi, dit-il doucement à Arielle. Je ne suis pas un garçon très attentionné, et je manque de tact. J'ai tendance à plaisanter dans les mauvais moments, et mes paroles sont souvent cruelles. Malgré cela, sache que tu es précieuse pour moi. Je tiens à toi, Arielle Queen. Je souhaite que tu sois heureuse, que ce soit avec moi ou avec un autre. Mais quelque part, je sais que tu m'aimes aussi. Tu me l'as dit dans l'Helheim, et je crois que c'est encore vrai. Je ne suis pas des plus présentables en ce moment. Ce corps ne reflète pas tout l'amour que je ressens pour toi. J'aimerais qu'il en soit autrement.

Je voudrais pouvoir te regarder avec mes yeux, mais ce que je souhaiterais par-dessus tout, c'est que tu me regardes avec les tiens. Crois-tu que c'est encore possible ?

Arielle ne bronche pas. L'épée toujours levée, prête à frapper, elle écoute silencieusement le plaidoyer de son vis-à-vis.

— J'ai promis de veiller sur toi. Je t'ai dit que tu étais dans mon cœur pour toujours, et je n'ai pas menti. Et je sais que tu n'aimes pas Noah. Ils t'ont forcée à l'épouser. Cette union n'est pas valide. En tout cas, elle ne signifie rien pour moi. On raconte qu'un jour tu épouseras Kalev de Mannaheim, pour le bien de l'humanité. Si c'est vrai, et que tu acceptes de te marier avec lui sans y être contrainte, alors je me plierai à ta décision. Je continuerai tout de même de t'aimer. Et je serai là pour toi, comme je le suis en ce moment même. Mais jusqu'à ce que tu prennes cette décision, jusqu'à ce que tu choisisses Kalev, sois certaine que je ne te laisserai plus. Tu peux me tuer si tu le souhaites. J'ai l'impression d'être mort si souvent que ça ne fait plus de différence maintenant. Mais je ne crois pas que tu le feras. La partie sombre en toi a peut-être envie de me transpercer avec cette épée, mais je sais que toi, Arielle Queen, tu ne la laisseras pas faire. Tu es forte et courageuse. Surtout, tu es belle. Et noble. Une princesse. Ma princesse.

Sans qu'Arielle ait le temps de réagir, Razan fait un pas vers l'avant et écarte la lame de glace. Il colle un baiser sur les lèvres de la jeune femme avant qu'elle ne puisse émettre la moindre protestation. Arielle tente de reculer, mais Razan l'attrape par les épaules et la maintient fermement en position. Si elle avait vraiment voulu se dégager, elle aurait pu aisément le faire, étant beaucoup plus forte et puissante que Razan. Mais elle finit par céder. Alors qu'ils s'embrassent tous les deux comme si plus rien n'existait, l'épée de glace se replie lentement et reprend sa place au poignet d'Arielle. *J'espère que ce baiser nous sauvera tous les deux, princesse,* songe Razan en se souvenant qu'il a prononcé les mêmes paroles à son intention dans la fosse nécrophage d'Orfraie, alors que Tyr avait conseillé au jeune homme d'aimer Arielle pour la sauver. « *Ce dix-huitième chant, tu l'as déjà offert à Arielle,* répète la voix de Tyr dans son esprit. *Alors, chante-lui cette chanson. Arielle a besoin de l'entendre. Maintenant. La chanson de ton amour, Razan, celui qui dévoile aux hommes ce qu'Odin ne leur enseigne jamais.* »

— L'amour ne s'enseigne pas, murmure Razan en fixant Arielle droit dans les yeux après avoir interrompu leur baiser. Il se vit, conclut-il pour lui-même.

Le garçon s'éloigne lentement d'Arielle, afin de mieux observer sa réaction. La jeune femme paraît troublée. Elle n'affiche plus cet air glacial qui figeait ses traits depuis qu'elle avait proclamé sa supposée loyauté à Loki. Son visage est beaucoup plus détendu, et sa mâchoire, moins crispée, même si elle ne semble pas savoir ce qui lui arrive ni même où elle se trouve. Lorsque Arielle relève un peu la tête, Razan remarque que la lettre runique sur sa joue a disparu, et que ses yeux, jusque-là d'un noir obscur, ont repris leur teinte ambrée qui rappelle la couleur du miel. Arielle serait-elle de retour ? Un simple baiser aurait-il suffi à faire revivre cette partie humaine en elle, que tout le monde, à part peut-être Razan, croyait morte ?

« *Ce n'est pas le baiser qui a éveillé Arielle,* dit la voix de Tyr à l'intérieur de Razan, *c'est l'amour. Celui que vous ressentez l'un pour l'autre. Il est plus fort que tout. C'est la seule arme dont les mortels disposent pour combattre les forces du mal. Il en a toujours été ainsi, depuis la création de l'univers.* » C'est la vérité, et Razan est forcé de l'admettre en se rappelant que c'est bien cet amour qui le pro-tégeait, lui, de Kalev, chaque fois que ce dernier tentait de lui voler son corps. Kalev s'y est efforcé à maintes reprises durant la dernière année, mais n'y était jamais parvenu avant cette fois. Ce n'est pas son sang de berserk qui faisait barrière, comme Kalev et lui l'avaient cru au départ, mais bien l'amour d'Arielle. Lorsque Arielle a rejoint le peuple de l'ombre, sous l'influence de Hel, son amour pour Razan s'est éteint, rendant le garçon vulnérable, ce qui a permis à Kalev de procéder à l'échange de corps.

— Qui… Qui êtes-vous ? demande la jeune femme.

Arielle n'a pas récupéré que ses yeux ; elle use à présent de sa véritable voix pour s'exprimer.

— Tu sais qui je suis, répond Razan.

Elle fronce les sourcils.

— Votre visage m'est familier. Vous êtes Karl Sigmund, n'est-ce pas, l'ami de Laurent Cardin ? Mais si je me souviens bien, c'est Kalev qui…

Arielle s'arrête. Selon ses souvenirs, c'est Kalev de Mannaheim qui occupe le corps de ce Karl Sigmund.

— Éloigne-toi de moi! ordonne-t-elle à celui qu'elle croit être Kalev.

— Tu te trompes, Arielle, tente de la raisonner Razan.

Le garçon fait un pas en direction de la jeune femme, mais celle-ci recule aussitôt.

— Ne t'approche pas de moi, Kalev!

— Je ne suis pas Kalev.

— Et je suis censée te croire? Ce corps te trahit, mon pauvre.

— Tu peux me chercher avec tes yeux, Arielle, lui répond Razan, désespéré de ne pouvoir la convaincre, mais c'est avec ton cœur que tu me trouveras.

Tout, chez Arielle, exprime son doute et sa méfiance, de ses traits à sa posture. En réalité, elle voudrait bien repousser celui qui se trouve devant elle, mais chaque fibre de son corps l'enjoint de se réjouir de cette présence plutôt que de s'en méfier. Pourquoi cet homme ne lui inspire-t-il ni peur ni dédain? Ne le devrait-il pas? Son instinct est fort peu trompeur habituellement, non? Pourquoi se sent-elle attirée vers lui alors? La jeune femme refuse qu'il s'approche d'elle, mais combat en même temps une envie irrépressible de courir se réfugier dans ses bras. *Est-ce un autre de vos sales tours, les dieux? se demande-t-elle. Pour quelle raison souhaitez-vous me pousser dans les bras de Kalev? Parce que la prophétie indique que je finirai avec lui? Eh bien, allez au diable avec votre prophétie!* Elle tente de le repousser une nouvelle fois, mais n'y parvient toujours pas. Elle n'arrive pas à détester l'homme qui se trouve devant elle. Sans pouvoir l'expliquer, Arielle se surprend soudain à envisager qu'il puisse avoir raison : est-il possible qu'il ne soit pas Kalev de Mannaheim ? *Pourquoi en venir si rapidement à cette conclusion ?* se sermonne-t-elle. *Que s'est-il passé en moi pour me faire changer d'avis aussi vite ?*

C'est peut-être à cause de ce qu'il lui a dit : « Tu peux me chercher avec tes yeux, mais c'est avec ton cœur que tu me trouveras. » Non, ça ne peut pas être aussi simple. Et si cet homme n'est pas Kalev, qui est-il alors ? Ce désir qu'elle éprouve envers lui, elle ne l'a jamais éprouvé auparavant, envers quiconque, à part peut-être pour…

Une voix rassurante résonne alors dans son crâne : « *J'espère que ce baiser nous sauvera tous les deux, princesse.* » Un éclair de compréhension illumine aussitôt le regard de la jeune femme.

— Razan ?… fait-elle en écarquillant les yeux. Razan, c'est bien toi ?

Le garçon hoche la tête en silence.

— Mais… tu es mort. Ael et les autres n'ont pas réussi à te sauver et…

Elle s'interrompt une nouvelle fois.

— À moins… À moins que je sois morte, moi aussi ?

Razan ne peut retenir un sourire.

— Nous sommes bien vivants, tous les deux.

Pour ce que ça a de réjouissant…, complète-t-il pour lui-même. Puis il ajoute :

— Alors, comme entrée remarquée, ça te comble ?

— Razan ?... répète Arielle, comme si elle réalisait enfin que tout ça est bel et bien réel. Je ne rêve pas ?

— Tu ne rêves pas, ma belle. C'est bien moi, en chair et en os. Pas les miens, mais tu devras faire avec pour l'instant.

Un large sourire se dessine sur les traits d'Arielle. Son regard est plus brillant que jamais. Il reflète son bonheur, mais surtout, son énorme soulagement de revoir Razan vivant. Alors que la jeune femme se précipite dans les bras de son amoureux, ses yeux se remplissent de larmes. Il l'accueille en riant, sans la moindre hésitation, et la soulève de terre pour lui appliquer un autre baiser sur les lèvres. Un baiser auquel Arielle répond avec passion cette fois. La barrière physique qu'a constituée le nouveau corps de Razan semble être tombée, et le jeune homme n'est pas le seul à s'en réjouir.

— Razan, je t'aime, lui dit Arielle, incapable de contenir ses sanglots.

— Je sais.

— Et toi aussi, tu m'aimes, ne songe même pas à le nier, ajoute-t-elle avant de l'embrasser de nouveau.

11

*Hati dévale l'escalier rétractable
du Nocturnus et s'empresse d'aller
rejoindre Arielle et Razan.*

La jeune alter ne peut s'empêcher de ressentir
de la jalousie en voyant l'amour qui les unit.
Quelque part, à l'intérieur d'elle-même, elle en
veut à son père, le dieu Tyr, d'avoir favorisé ce
rapprochement. Non pas que le dieu ait usé de
ses dons divins pour truquer les cartes entre les
deux jeunes gens, pour les faire tomber amoureux
l'un de l'autre, bien au contraire : leur amour est
tout ce qu'il y a de plus pur et de plus authentique,
il aurait existé, que ce monde soit peuplé de dieux
ou non. Ce que reproche Hati à son père, c'est de
les avoir aidés à approfondir cet amour, à le
consolider. N'aurait-il pas pu se mêler de ses
affaires ? Bien sûr que non, c'est égoïste de sa part
que de penser ainsi. Si l'influence de Tyr en ce bas
monde n'est pas encore des plus considérables,
elle ne s'emploie néanmoins qu'à servir le bien.

En vérité, Hati apprécie Razan, et bien davantage qu'elle n'ose l'admettre. Son ressentiment envers Tyr est uniquement provoqué par la jalousie, celle qu'elle éprouve envers Arielle Queen. Comme elle aurait aimé être à sa place! Mais peut-elle réellement aimer sans danger? L'Helheim n'existe plus, et si elle est de retour sur Midgard, c'est grâce à son père et à l'entente qu'il a conclue avec Odin. Une entente qui la protège de la mort — en tout cas, pour l'instant. Mourir d'amour n'est donc plus un danger pour elle, Odin en a décidé ainsi. Elle peut aimer sans le moindre risque, contrairement aux autres alters. C'est du moins ce qu'elle espère.

Mais aime-t-elle vraiment Razan? En est-elle amoureuse? Elle apprécie beaucoup le garçon, mais l'amour avec un grand A, ce n'est pas pour tout de suite. Elle s'en rapproche, par contre, et cette idée est loin de lui déplaire. Il lui faut néanmoins se raisonner: ce n'est pas le moment de se comporter comme une ado, ni de jouer les amoureuses jalouses.

Parfaitement consciente de devoir chasser ce genre de sentiments de son esprit — parce que trop de choses importantes sont en jeu, dont l'avenir de Midgard —, elle se console en se disant que Razan sera probablement à elle un jour. Arielle ne doit-elle pas tomber amoureuse de Kalev, selon ce qui est prévu? Si Arielle choisissait effectivement Kalev, Razan en serait dévasté. Il serait inconsolable. *Inconsolable, vraiment?* songe Hati. *Non, pas s'il me tombe entre les mains. Sa chérie, je la lui ferai oublier rapidement, parole de maquisard!*

Lorsqu'elle arrive enfin près d'Arielle et de Razan, ceux-ci sont encore en train de s'embrasser.

— Bon, ça suffit, les amoureux, leur dit-elle. Il faut partir d'ici.

Razan repose Arielle sur le sol et se charge de faire les présentations :

— Voici Hati.

— Hati ? fait Arielle, méfiante, en se rappelant que c'est ce nom que portait Elleira dans l'Helheim.

— La vraie Hati, s'empresse de préciser la jeune alter.

Arielle acquiesce, comprenant qu'Elleira et cette jeune femme ne sont pas la même personne. Cette Hati est fort jolie, beaucoup plus qu'Elleira ne l'était : elle est grande, brune et athlétique. Une des plus belles alters qu'elle ait eu l'occasion de rencontrer. Juste à la manière dont la jeune femme regarde Razan, Arielle sent tout de suite qu'elle représente une menace. Pas une menace pour l'humanité ou les forces du bien, non, plutôt pour l'amour qui l'unit à Razan.

— Hati, la chef des maquisards ? lui demande-t-elle.

— Hati, la chef de rien du tout, rétorque sèchement la jeune alter. Ne savais-tu pas que les maquisards ont tous péri dans l'Helheim ?

— J'en suis désolée.

C'est à ce moment que le trio est rejoint par Brutal, Ael, Jason et Noah, ce dernier étant toujours sous la surveillance diligente de l'animalter.

— Mon ami…, soupire Arielle en apercevant Brutal.

Elle va immédiatement à sa rencontre. L'animalter donne son épée à Jason afin qu'il se charge de Noah, puis prend Arielle dans ses bras. Ils se serrent très fort, heureux d'être réunis.

— Maîtresse, je m'en veux tellement de t'avoir abandonnée !

Arielle secoue la tête. De nouvelles larmes coulent sur ses joues.

— Tu ne pouvais rien y faire, Brutal. Ce n'est pas ta faute. Je suis si heureuse de te revoir.

— Moi aussi, maîtresse, si tu savais…

Elle caresse le poil de sa joue, puis lui sourit.

— Tu as repris ta forme originale… Comment y es-tu parvenu ?

— J'ai eu l'aide d'un copain à moi.

La jeune femme ne sent pas le besoin de lui demander davantage d'explications. L'avoir ici, auprès d'elle, lui suffit. Elle prête brièvement attention à Ael et Jason, mais c'est à Noah qu'elle s'adresse en premier :

— Que fais-tu ici, toi ?

Le ton d'Arielle, tout comme son regard, est dur et froid.

— Je… Je suis ici pour toi, Arielle.

— Quel sale menteur tu fais, Noah Davidoff ! le semonce Brutal.

— Mon nom est Nazar, reprend Noah, plus confiant cette fois, et je suis le futur roi de Midgard. Arielle est ma reine, et si je me trouve ici, sur cette île, c'est pour…

— Je ne suis pas ta reine ! le coupe immédiatement Arielle. Et je ne le serai jamais !

— Il est trop tard pour cela, Vénus. Nous sommes mariés.

— Et devant quelle autorité ?

— Celle de Loki.

Arielle éclate de rire.

— Alors, je suis soulagée. Ça ne vaut rien à mes yeux !

— Et aux nôtres non plus, ajoute Brutal. Vois le côté positif des choses, Noah : tu vas économiser sur les frais de divorce !

— Arielle est mon épouse, soutient Noah, et elle respectera notre union.

— Et si je m'arrangeais pour en faire une veuve ? le menace Brutal, tout en reprenant son épée des mains de Jason.

— Je crois que personne ici ne s'en plaindrait, déclare Razan en se rapprochant du groupe.

Il est accompagné de Hati.

« *Non, ne le tuez pas maintenant,* intervient la voix de Silver Dalton dans l'esprit de Brutal. *Il vous sera encore utile.* »

L'animalter continue de fixer Noah pendant encore quelques secondes, avec le même air de défi, avant de finalement ranger son arme.

— T'es un gars très chanceux, Nazouille, lui dit Brutal en retournant auprès d'Arielle.

— Qu'est-ce qu'on fait de lui ? demande Jason.

— Il vient avec nous, répond l'animalter.

— Quoi ?

Jason est certain d'avoir mal compris.

— La voix en a décidé ainsi.

— La voix ? Quelle voix ?

— Celle de son petit doigt, explique Razan.

Arielle se tourne alors vers Jason et Ael. Elle salue Jason discrètement, d'un signe de tête, puis adresse un regard noir à Ael.

— Et toi? lui demande-t-elle. Comment as-tu pu me faire ça?

La jeune Walkyrie sait très bien à quoi Arielle fait allusion.

— Je n'ai pas eu le choix de te mentir au sujet de la mort de Razan, explique Ael. C'est ce que Kalev voulait. Il avait besoin de son corps et…

— Et maintenant, il l'a, complète Razan. Satisfaite?

— Tu m'as trahie, Ael, renchérit Arielle. Tu n'avais pas le droit. Pas comme ça.

— J'ai un maître, et je dois lui obéir.

Du coin de l'œil, Arielle aperçoit Jason, exaspéré, qui lève les yeux au ciel. Lui non plus n'apprécie pas la conduite d'Ael, et il n'approuve certainement pas son allégeance à Kalev.

— Et que fais-tu de tes amis? lui demande Razan. Ils valent moins que ton maître?

— Je n'ai pas d'amis, répond Ael. Je n'ai qu'une cause: vaincre Loki et aider le souverain de Midgard à retrouver son trône.

— Ce qui se résume à remplacer un idiot par un autre, conclut Razan.

— Qui traites-tu d'idiot? s'emporte Noah en s'avançant vers lui, et ce, malgré l'épée de Brutal qui se fait toujours menaçante.

— Je parlais de Loki, répond Razan. Le terme «idiot» n'est pas assez fort pour décrire ta cervelle d'oiseau. «Abruti», ça t'irait?

— Tu peux rigoler, Razan, mais qui a été assez stupide pour se faire piquer son corps, hein ?

Noah est le seul à rire de sa blague. Razan l'observe un moment sans rien dire, puis lui assène un solide coup de poing sur la mâchoire, ce qui le fait vaciller. Noah parvient tant bien que mal à demeurer sur ses jambes, et s'apprête à répliquer verbalement lorsque Razan le frappe encore. Cette fois, il s'étend de tout son long sur le sol, et ne pousse plus ensuite que des gémissements plaintifs.

— Ça me démangeait, fait Razan tout en se massant le poing.

— Transportons-le dans le *Nocturnus*, dit Hati. Et foutons le camp d'ici.

Brutal et Jason attrapent Noah par les bras et le forcent à se relever. Ils le traînent ensuite jusqu'au *Nocturnus* et lui font gravir l'escalier sans délicatesse. Une fois à bord de l'appareil, ils le ligotent solidement sur l'un des sièges. Les autres ne tardent pas à faire leur entrée. Une fois la porte de l'avion refermée, ils choisissent tous une place : Razan reprend les commandes de l'appareil, tandis que Hati retrouve son siège de copilote. Six autres places sont disponibles derrière, disposées en deux rangées de trois sièges. Noah occupe déjà l'un d'entre eux. Arielle opte rapidement pour l'un des deux sièges situés tout juste derrière le poste de pilotage. Elle tient à rester près de Razan, mais surtout, à garder un œil sur Hati. Jason s'installe derrière la jeune élue, alors qu'Ael prend place aux côtés du chevalier fulgur. Le siège situé à la droite d'Arielle est réservé à Brutal. Ne reste plus qu'une seule place libre à l'arrière de la cabine, près de Noah.

Brutal se tient toujours debout, à l'avant de la cabine, entre Arielle et le poste de pilotage. Une fois que ses compagnons sont tous bien assis et qu'ils se sont tus, l'animalter prend la parole :

— Une nouvelle mission, ça vous dit ?

— Le genre de mission où il faut risquer nos vies pour le bien de l'humanité ? fait Razan depuis le siège du pilote.

— Ce genre de mission, confirme Brutal.

— Pour ma part, je n'ai qu'une seule mission, déclare Ael.

— Oui, oui, on connaît la chanson, rétorque l'animalter.

— Je dois retourner auprès de Kalev, insiste la jeune Walkyrie.

— Eh bien, ce ne sera pas pour tout de suite. Il y a plus important pour le moment. Il faut retrouver une arme puissante qui nous permettra de tuer Loki. Tout le monde est bien d'accord sur le fait que Loki doit mourir, non ?

Pour toute réponse, il n'obtient que le silence.

— Qui ne dit mot consent, lance l'animalter, présumant que sa proposition fait l'unanimité. Noah est le seul d'entre nous à qui cette idée pourrait déplaire, mais il est encore trop dans les vapes pour protester. Merci, Razan. Alors voilà : l'arme qui peut nous débarrasser définitivement de Loki est une épée du nom d'Adelring. Elle est plantée dans un arbre, et seul Razan pourra la sortir de là. Le Guerrier du signe devra ensuite s'en servir pour transpercer Loki.

— Et ce Guerrier du signe, c'est l'un d'entre nous? s'enquiert Jason.

— Je ne sais pas. Et ne me demandez pas ce que le signe en question représente, je n'en ai aucune idée.

— Pourquoi Razan est-il le seul à pouvoir libérer l'épée? demande Arielle.

— Parce qu'il se trouve en possession du corps de Karl Sigmund, et que Sigmund appartient à la lignée d'un puissant guerrier. Seul un membre de cette lignée peut retirer l'épée Adelring de Barnstokk, l'arbre dans lequel elle se trouve. Pourquoi? Je n'en sais rien. Encore un coup tordu des dieux.

— Et comment sais-tu tout cela? fait Ael.

— Adelring est occupée par l'âme d'un guerrier tyrmann. C'est lui qui m'a tout raconté. Nous partageons le même esprit, tous les deux. Charmant, comme expérience.

— Mais si son âme se trouve dans cette épée, intervient Jason, comment ce Tyrmann peut-il être aussi avec toi?

La question du fulgur fait naître une grimace sur les traits poilus de Brutal.

— C'est là que ça se complique, poursuit-il. Le Tyrmann avec qui je cohabite est bien le même dont l'âme se trouve prisonnière de l'épée. Seulement, ils ne viennent pas de la même époque. Le Tyrmann qui me fait la conversation est originaire du futur, contrairement à l'autre, qui est bien de notre époque. Bref, si le mec qui est dans ma tête réussit à me parler, s'il est libre, c'est que nous l'avons déjà sauvé une fois, dans son passé à lui, vous me suivez ? Mais son passé, pour nous, est encore le présent.

— Holà ! l'arrête Ael.

— Là, tu me perds, grogne Jason. C'est un autre de ces foutus paradoxes temporels, n'est-ce pas ?

— Ce que nous devons retenir est ceci : pour tuer Loki, il nous faut cette arme, et le seul qui puisse nous conduire à l'endroit où elle se trouve, c'est ce Tyrmann. Et s'il connaît cet endroit, c'est qu'il y a vécu pendant des centaines d'années, prisonnier de l'épée, avant qu'il ne soit libéré par nous.

— Alors, il est certain que nous allons réussir ? demande Arielle.

— Le futur est toujours à refaire, explique Brutal, mais disons que le destin joue en notre faveur. Si nous ne réussissons pas à retrouver Adelring, le Tyrmann ne sera jamais libéré, il demeurera à jamais prisonnier de l'épée. Le cours de l'histoire sera alors modifié, et il deviendra impossible pour le Tyrmann du futur de nous contacter et de nous informer de l'existence de cette arme, puisqu'il se trouvera toujours coincé à l'intérieur de celle-ci. Si nous échouons, il disparaîtra de ma tête et de mes souvenirs, ce qui ne serait pas pour me déplaire, mais cela nous ramènerait à la case départ, en plus de nous priver d'une sacrée arme pour défaire Loki.

— Ça y est, j'ai une migraine, fait Jason.

— Et tu lui fais confiance, à ton Tyrmann ? s'inquiète Ael, l'œil soupçonneux.

Brutal fait signe que oui, sans hésiter.

— Quel est son nom ?

— Silver Dalton, dit Brutal. C'est grâce à lui si je suis ici avec vous. Il m'a aidé à reprendre mon apparence originale et à m'évader de la tour du château.

La Walkyrie se met à rire.

— Et s'il te manipulait, tu y as songé ?

— Il dit la vérité, répond Brutal, se braquant contre Ael.

Il y a un silence, vite interrompu par Razan.

— Je le connais, ce Silver Dalton, affirme-t-il sans se retourner vers les passagers. Je l'ai rencontré, en rêve.

— En rêve ? Mais bien sûr ! lance Ael sans ménager son ironie. C'est qu'il est digne de confiance alors !

— Un rêve qui m'a transporté dans le futur, poursuit Razan sans tenir compte de la réplique. En l'an 2060. À cette époque, Dalton sert de garde du corps à…

Il hésite soudain à révéler certains détails du songe, pour le bien d'Arielle. Depuis son retour, il a la conviction qu'Adiasel Queen est en réalité la petite-fille d'Arielle et de Kalev de Mannaheim. Doit-il révéler à Arielle qu'il a discuté avec sa descendante ? Non, pas maintenant. C'est non seulement inutile, mais imprudent. Mieux vaut qu'elle en sache le moins possible sur son futur. Apprendre qu'elle aura un jour des enfants avec Kalev pourrait la troubler sérieusement ou, pire encore, la pousser dans les bras de cet imbécile. Non, cette éventualité, Razan n'ose même pas y songer.

— Il sert de garde du corps à une espèce de leader du futur, se reprend-il. Cette personne soutient que Dalton et les autres Tyrmanns seront un jour libérés et aideront Arielle Queen et Kalev de Mannaheim à vaincre les forces du mal. Selon elle, les humains ne sont pas assez nombreux pour affronter les super alters de Loki et du général Sidero. Nous devrons trouver une façon d'invoquer les Tyrmanns pour nous aider dans notre combat, c'est l'essentiel de son message. Ne reste plus qu'à découvrir comment…

Brutal ne s'attendait pas à obtenir ce genre de soutien de la part de Razan, mais il n'en est pas moins soulagé. Enthousiaste, il poursuit, mentionnant un important détail que lui a confié Silver et qui répond à l'interrogation soulevée par Razan:

— Les âmes des Tyrmanns seront libérées le jour où Adelring percera le cœur de Loki. Une fois Loki anéanti, les phantos tyrmanns se joindront à notre combat.

— Et où se trouve cette épée? demande Jason.

Brutal ne répond pas. Son visage poilu se contracte et ses yeux félins cessent d'observer les passagers. Il fixe le plancher de la cabine, comme s'il réfléchissait à la question.

— Elle est… à Belle-de-Jour, déclare-t-il après quelques secondes d'introspection. Du moins, c'est ce que prétend Silver.

— Tu peux lui parler en ce moment? demande Arielle.

— Oui. Et il m'a expliqué que l'épée se trouve au manoir Bombyx.

— Belle-de-Jour n'est-elle pas interdite d'accès depuis l'attaque des sylphors? fait remarquer Ael.

— Et le manoir tombe en ruine, ajoute Razan. Ce ne sera pas facile d'y accéder.

Brutal secoue la tête en silence, et promène de nouveau son regard sur le plancher. Sans doute est-il en pleine conversation avec Silver Dalton.

— Quoi? fait soudain l'animalter à voix haute. Mais comment…

— Qu'est-ce qu'il a dit? le presse Arielle.

Comme tous les autres, elle attend une réponse.

— Il dit… Il dit que l'arbre et l'épée ont été détruits. Qu'ils ont été détruits quand le troll s'est frayé un passage en défonçant l'un des murs du manoir. Les fondations n'ont pas tenu le coup et se sont effondrées. La pièce qui se trouvait sous la salle de bal, et dans laquelle l'épée était gardée, a été anéantie.

Razan pousse un soupir.

— Reivax n'a pas été assez brillant pour la mettre à l'abri dans l'un de ses coffres-forts?

Après un troisième échange avec le Tyrmann, Brutal répond:

— Cette pièce était secrète, même pour Reivax. Lui-même n'en connaissait pas l'existence. C'est l'un des ancêtres de la famille Vanesse, Marcelus Vanesse, qui a découvert Barnstokk et l'épée Adelring lors d'un voyage en Norvège. Marcelus était un fervent collectionneur de papillons, et en l'an 1903, pendant l'une de ses chasses en forêt, il est tombé tout à fait par hasard sur Barnstokk et son épée. Il a fait transporter l'arbre dans sa résidence de Belle-de-Jour. La maison s'élevait à cette époque aux abords du lac Croche, mais a été détruite par un incendie en 1920. Les Vanesse ont alors quitté Belle-de-Jour pour aller s'établir plus au sud. Après la mort de Marcelus, son petit-fils, Xavier, est revenu à Belle-de-Jour pour reprendre possession des terres ancestrales. Il a fait construire le manoir Bombyx sur les ruines de l'ancienne résidence de son grand-père, ignorant que Barnstokk et Adelring s'y trouvaient toujours.

— C'est bien beau, tout ça, intervient Ael, mais comment sommes-nous censés retrouver cet arbre et cette épée s'ils ont été détruits ?

Brutal hésite brièvement avant de leur fournir la réponse.

— Eh bien…, marmonne-t-il, confus, j'ai bien peur que… que nous devions visiter une autre dimension.

— Une autre dimension ? répète Ael.

Un lourd silence tombe dans la cabine. Razan le brise quelques secondes plus tard :

— Pourquoi rien n'est jamais simple ?

12

Les passagers échangent des regards perplexes. Même Razan et Hati s'observent en silence, sans trop savoir quoi ajouter à cette annonce.

Après Razan, Ael est la suivante à parler. Elle pousse un long soupir, puis déclare :

— Après les voyages dans le temps, voici les univers multidimensionnels ! Je devrais me lancer dans l'écriture de science-fiction !

— Les univers multidimensionnels ? répète Jason en la fixant, espérant qu'elle lui explique ce dont il s'agit.

— Ne me regarde pas comme ça, chéri, lui répond-elle. Demande plutôt au minet de clarifier ses propos.

Brutal acquiesce, puis se lance :

— Selon le Tyrmann, il existe une dimension où les elfes n'ont jamais attaqué le royaume de Markhomer. Ils ne se sont jamais échappés du royaume des elfes de lumière et n'ont jamais mis le pied ici, sur la Terre. Ce monde n'a jamais connu de guerre entre sylphors et alters, puisque, sans la présence des elfes, il n'y avait aucune nécessité pour Odin et Loki d'expédier sur Midgard une autre race de démons pour les combattre. Vous saisissez?

Jason paraît fort étonné.

— Tu veux dire que dans cette dimension, dans cet univers, les gens ne connaissent pas les peuples de l'ombre?

— Ils connaissent les elfes, les trolls, les dieux, toute la mythologie nordique, en fait, explique Brutal, mais pour eux, ce ne sont que de vieilles histoires, des fables. Ils en font des films et des contes pour enfants. Je parie même que des livres racontent nos aventures là-bas. Les aventures d'Arielle Queen... Ça sonne bien, non?

Ael ne se gêne pas pour montrer son indignation.

— Pendant que nous combattons les forces du mal ici, eux se contentent de vivre leur existence sans le moindre tracas? C'est bien ce que tu essaies de nous dire?

L'animalter hausse les épaules, avant de répondre:

— Leur monde n'est pas en danger, Ael. Le dieu Loki n'exerce aucune domination là-bas. Mais ils lisent beaucoup de livres, à ce qu'il paraît, pour se changer du quotidien.

— Des livres où les forces du bien et du mal s'affrontent, je présume? intervient une nouvelle fois Ael. On ne change pas une bonne formule!

Brutal poursuit:

— Les elfes, alters, dieux et démons mis à part, on retrouve dans leur dimension la plupart des choses que nous connaissons ici. La lignée des Vanesse a bien vu le jour, tout comme celle des Queen et des Davidoff, mais jamais aucun membre de ces lignées n'a été possédé par un alter, ni ne s'est vu attribuer le titre d'élu. Ils ont des vies tout à fait normales, comme la majorité des autres êtres humains. Vous voyez où je veux en venir ?

Arielle est la première à se manifester :

— Dans cet univers, Xavier Vanesse n'a jamais été Reivax, dit-elle, mais il a tout de même érigé le manoir Bombyx à l'endroit où son grand-père avait anciennement élu domicile, sur les rives du lac Croche. J'ai raison ?

— J'ai toujours su que tu étais douée d'une intelligence supérieure, maîtresse de mon cœur ! Tu as visé juste : là-bas, Belle-de-Jour existe encore, les gens sont libres d'y circuler. La ville n'a subi aucun dommage. Ni sylphors ni alters n'y ont jamais mis les pieds.

Après une courte pause, il ajoute :

— Alors vous voyez, c'est fort simple : il nous faut gagner cette dimension, récupérer Adelring au manoir Bombyx, puis revenir ici, dans notre monde. C'est la seule façon d'entrer en possession de l'épée magique.

— On va faire ça les doigts dans le nez, observe Razan, sans être vraiment sérieux.

Une autre moue dubitative déforme les traits de Brutal.

— Il y a un petit problème, cependant.

— Sans blague, rétorque immédiatement Ael.

— Les voyages entre dimensions ne permettent pas le dédoublement, continue l'animalter. Nous ne pouvons pas exister en même temps que nos doubles, ceux qui vivent là-bas. Nous n'aurons pas le choix de prendre leur place pendant la durée du séjour.

— Occuper leur corps, tu veux dire ? demande Jason.

— Exactement.

— Une fois de plus, une fois de moins, dit Razan. Au point où j'en suis…

— Sauf que nous serons privés de tout pouvoir, ne l'oubliez pas, précise Brutal. Dans ce monde, ajoute-t-il, pas de magie, pas de puissance divine, pas de pouvoirs surnaturels, rien. Là-bas, je serai un chat… juste un chat. Arielle prendra la place de l'autre Arielle, et toi, Ael, tu redeviendras Léa Lagacé.

— Tu es dingue ou quoi ? fait la principale intéressée.

— Tu conserveras ta mémoire et ta personnalité, mais pas ton corps de Walkyrie ou d'alter. Quant à Jason, il devra évoluer dans un corps de vieillard. Celui de Jason Milton, nom qu'il avait avant d'être fait fulgur et de prendre celui de Thorn. Sur cette terre, la fraternité de Mjölnir n'a jamais vu le jour ; les fulgurs n'ont donc jamais existé. Jason, tes parents sont originaires de quelle ville ?

— Fairview, dans le New Jersey.

— Très bien, c'est près de New York. Tu es né en quelle année ?

— En 1928, répond le chevalier.

— Tu auras quatre-vingt-un ans là-bas. Si tu es toujours vivant. Comme tu n'as jamais été enfermé dans les prisons de la fosse nécrophage d'Orfraie, Bryni n'a pas eu à te secourir. Tu as donc vieilli normalement.

— Charmant…, souffle Jason en se tournant vers Ael.

— T'en fais pas, cow-boy, le rassure celle-ci, j'ai toujours aimé les hommes d'âge mûr.

— Et qu'est-ce qui m'arrivera, à moi ? demande Razan.

— Rien de dramatique : tu hériteras du corps de Karl Sigmund. Seulement, Sigmund vit à New York. Tu devras voler à bord du jet privé de la Volsung pour venir nous rejoindre. Avec un peu de chance, Jason t'accompagnera.

— Et Hati ?

— Hati ne vient pas avec nous. Il faut quelqu'un pour piloter le *Nocturnus*. Seuls nos esprits se rendront là-bas. Nos corps demeureront ici.

— Que fait-on de Noah ? demande Arielle.

— Noah prendra la place de l'autre Noah.

— Pas question qu'il nous accompagne, ce salaud ! proteste Ael.

Brutal secoue la tête, l'air convaincu :

— Silver est catégorique : il vient. Nous aurons besoin de lui là-bas. Noah vit à Belle-de-Jour avec sa famille, tout comme Arielle et Léa.

— Ma famille ? s'étonne Arielle. Quelle famille ?

— Ta mère, Gabrielle, est toujours vivante. Emmanuel et toi êtes ses enfants. Votre père biologique a abandonné Gabrielle durant sa grossesse, vous ne l'avez jamais connu. Votre beau-père est Erik Saddington.

— Quoi?

— Le même qui, dans notre univers, est devenu Falko. Mais ne t'en fais pas: dans cette autre dimension, Erik Saddington n'a jamais servi les elfes. Il est resté un être humain à part entière. Selon Silver, c'est plutôt un chic type. Et tu sais quoi? Tu as même un petit copain, Simon Vanesse. Ça devrait nous faciliter les choses au manoir. Et souviens-toi bien de ceci, maîtresse: je ne pourrai pas communiquer avec toi. Pas comme maintenant, en tout cas. Tout ce qui sortira de ma bouche, ce seront des miaulements. Mais peut-être que j'arriverai à t'indiquer des choses par des signes ou des gestes. Ne me perds pas de vue.

— Ça s'annonce plutôt foireux, ce truc, rechigne Ael.

— C'est notre seule option, lui dit Arielle. Loki est à l'origine de tout ce qui nous arrive, de tout ce qui arrive à l'humanité. Et c'est un dieu, ne l'oublie pas. Je ne sais pas pour toi, Ael, mais moi, j'aimerais bien disposer d'une arme qui soit assez puissante pour le tuer. À moins que tu connaisses une autre façon d'y arriver?

— Arielle a raison, renchérit Jason. Il n'y a pas d'autre façon.

La Walkyrie ne trouve rien à répliquer. Elle se contente de serrer les mâchoires.

— Alors, tout le monde est d'accord pour aller à Disneyland? demande Razan.

Tous les passagers acquiescent en silence, même Ael.

— Parfait ! Tu nous indiques le chemin, boule de poils ?

13

Brutal abandonne les passagers et va s'agenouiller entre Razan et Hati, dans le poste de pilotage.

L'animalter consulte une autre fois Silver, puis revient à Razan.

— J'ai les coordonnées, tu es prêt?

— Envoie!

— Elles vont te paraître un peu bizarres, mais...

— Envoie, j'ai dit!

— Très bien, alors les voici. Latitude: 23 degrés, 23 minutes, 23 secondes, Nord. Longitude: 23 degrés, 23 minutes, 23 secondes, Ouest.

— Arrête tes bêtises, rétorque l'autre.

— Ce sont les bonnes coordonnées, Razan. Je suis sérieux. Ça devrait nous mener à un endroit situé entre les îles du Cap-Vert et les îles Canaries. Silver dit que c'est à cet endroit que coulera le *Caribbean Queen*.

— Le quoi?

— Un navire, il me semble, répond Brutal. Mais ça n'arrivera que dans le futur, et seulement si nous échouons.

— Si nous ne trouvons pas cette épée, un bateau coulera? Mais qu'est-ce que j'en ai à faire, moi, de ce rafiot?

— Le Tyrmann souhaite que je transmette ce message, ajoute Brutal : « Les siècles, tour à tour, ces gigantesques frères, différents par leur sort, semblables en leurs vœux, trouvent un but pareil par des routes contraires. »

— Et ça veut dire quoi?

— Aucune idée! avoue candidement l'animalter.

— Ces coordonnées correspondent à un endroit situé au beau milieu de l'océan, les informe Hati. On doit amerrir ou quoi?

Brutal fait signe que non.

— Nous devons simplement survoler ce point.

— À quelle altitude?

— Peu importe, dit-il en allant s'installer sur son siège, près d'Arielle.

— Comment ferez-vous pour revenir de cet endroit?

— Il faudra repasser par le même chemin.

— Sans avion, comment ferez-vous?

— Nous aurons un avion, affirme Brutal, qui paraît sûr de lui.

Peu de temps après, Razan active les réacteurs et le *Nocturnus* s'élève dans les airs, à plusieurs mètres d'altitude au-dessus de l'île. Une fois que les passagers ont tous enfilé leur masque à oxygène,

Razan passe en mode hypersonique et l'appareil prend aussitôt la direction du sud. Il survole la mer d'Irlande, puis la mer Celtique. Après avoir longé les côtes de l'Espagne et du Maroc, le *Nocturnus* met le cap au sud-ouest, en direction des îles Canaries. Une fois l'archipel derrière eux, Razan réduit considérablement la vitesse de l'appareil, ce qui leur permet à tous de retirer leur masque. Razan informe ensuite ses compagnons qu'ils atteindront bientôt les coordonnées fournies par Brutal. Le voyage a duré à peine plus de trente minutes, un record pour ce type d'appareil.

— Et qu'est-ce qu'on fait maintenant? demande Razan.

— Rien, répond Brutal. Lorsque nous passerons ce point, je vous conseille seulement de fermer les yeux. Lorsque vous les rouvrirez, vous devriez avoir traversé de l'autre côté, dans cette dimension parallèle. Il n'y a que toi, Hati, qui dois garder les yeux ouverts, pour une raison évidente.

— Combien de temps dois-je maintenir l'appareil en vol? Me faudra-t-il revenir à ces coordonnées pour vous récupérer?

— Non, pas du tout, lui explique Brutal. Nous débuterons notre voyage dès que tu passeras ce point, mais serons de retour aussitôt qu'il sera derrière toi.

— Quoi? Mais ça ne durera qu'un millième de seconde.

— Encore moins que ça. Pour toi, ce sera comme si nous n'avions jamais quitté l'appareil.

Tout se passera si vite que tu ne te rendras compte de rien : nous serons de retour dans nos corps aussi vite que nous en serons partis, même si pour nous le voyage risque de paraître beaucoup plus long. Lorsque des âmes quittent leur dimension pour aller dans une autre, ce qui n'arrive pas tous les jours, il faut bien l'admettre, le temps s'arrête et ne reprend sa course qu'au moment où elles sont de retour.

— Attention ! les prévient Razan. Plus que quelques secondes. Hati, tu prends les commandes de l'appareil ?

— À vos ordres, capitaine !

— Ne m'appelle pas comme ça !

— Je t'appelle comme je veux, rétorque Hati en agrippant le manche de pilotage.

— On ferme les yeux, tout le monde ! s'écrie Brutal, tout en jetant un coup d'œil derrière pour s'assurer que Noah a bien les paupières closes.

— Il a perdu conscience au moment où nous avons atteint la vitesse hypersonique, l'informe Arielle.

La voix de Razan leur parvient du poste de pilotage :

— Arielle ?

— Oui ?

— On se retrouve de l'autre côté ?

— C'est un rendez-vous.

— Il y a autre chose…

— Oui ?

— Je t'aime, princesse.

— Je sais, répond-elle avec un petit sourire.

L'instant d'après, tout le monde ferme les yeux. Devant Hati, sur le tableau de bord apparaissent les coordonnées : LONGITUDE 23°23'23"O - LATITUDE 23°23'23"N. Lorsqu'elle se retourne vers Razan, celui-ci ne bouge plus.

— Capitaine? fait-elle à son intention.

Pas de réponse. Elle jette ensuite un coup d'œil par-dessus son épaule, en direction de la cabine. Les passagers sont tous écrasés sur leur siège. Les yeux fermés, la bouche ouverte. Ils ont l'air morts. Les traits de leur visage sont détendus à outrance, comme si tous leurs muscles s'étaient relâchés, comme si le souffle de vie qui les animait quelques secondes auparavant s'était envolé. Mais quelque chose cloche. Brutal lui a pourtant affirmé qu'ils seraient tous de retour dès que les coordonnées seraient franchies. Pourquoi ne se passe-t-il rien alors? « Pour toi, ce sera comme si nous n'avions jamais quitté l'appareil », avait insisté Brutal.

— Eh bien, vous l'avez définitivement quitté, l'appareil, soupire Hati pour elle-même. Mais apparemment, vous n'avez pas trouvé le moyen d'y revenir !

14

*Lorsque Arielle rouvre les yeux,
elle ne reconnaît pas l'endroit où
elle se trouve.*

La jeune fille est assise sur un canapé de couleur beige. Devant elle, un poste de télévision. C'est le bulletin d'informations. Un présentateur cravaté annonce qu'une souche particulièrement virulente de la grippe pourrait causer une importante pandémie. *Je préférerais combattre la grippe plutôt qu'un régiment d'alters*, songe-t-elle en réalisant qu'elle se trouve bien dans cette autre dimension décrite par Brutal.

— Arielle, ça va? lui demande une voix tout près d'elle.

Elle se tourne aussitôt et aperçoit un garçon qui, tout comme elle, est assis sur le canapé, un bol de pop-corn entre les mains. Le garçon, elle le reconnaît immédiatement: c'est Emmanuel, son frère.

— Tu sais, poursuit ce dernier en avalant une poignée de maïs soufflé, ils essaient seulement de nous faire peur avec leur truc de pandémie. Je sais que tu es plutôt froussarde, mais t'as pas à t'en faire, sœurette.

Arielle se lève sans faire de mouvements brusques, puis s'éloigne avec prudence du canapé, sans quitter Emmanuel des yeux.

— Qu'est-ce que tu as ? lui demande son frère.

— Je… Je…

Arielle est incapable de formuler ses pensées, et n'en a pas l'intention d'ailleurs. La version d'Emmanuel Queen qui se trouve devant elle à présent n'a rien de celle qu'elle a connue à Midgard. Ce n'est ni un serviteur kobold ni un elfe voïvode, et encore moins un Elfe de fer. C'est un garçon tout ce qu'il y a de plus ordinaire, qui est affalé dans un canapé pour suivre les infos, probablement parce qu'il n'y avait rien de mieux sur les autres chaînes.

— Tu as peur de quelque chose ? grogne Emmanuel en mâchant son maïs. On dirait que tu as vu un fantôme.

Ce n'est pas loin de la vérité, se dit Arielle.

— Mamaaan ! crie alors Emmanuel. Arielle va nous faire une autre crise d'angoisse !

— Mais qu'est-ce que tu racontes ? dit une femme en apparaissant dans le salon.

C'est Gabrielle Queen, la mère d'Arielle… et d'Emmanuel.

— Maman ? souffle Arielle, sidérée. Maman, c'est… c'est bien toi ?

Emmanuel grimace, incapable de comprendre la réaction de sa sœur.

— Bien sûr que c'est elle, qui veux-tu que ce soit?

Arielle contourne le canapé et s'avance lentement vers sa mère.

— Tu m'as manqué, maman.

— Le dîner est prêt! annonce une voix provenant d'une autre pièce. *La cuisine*, en déduit Arielle.

C'est une voix d'homme. *Probablement qu'il s'agit d'Erik Saddington*, se dit Arielle. Elle se prépare au choc. Selon Brutal, Saddington est son beau-père. Comment réagira-t-elle en le voyant. Ressemblera-t-il à Falko, l'elfe voïvode du Nouveau Monde, qui lui a causé tant de problèmes autrefois? Sans doute que non, en conclut-elle, puisque ce dernier n'a pas reçu l'Élévation elfique dans ce monde-ci.

En pénétrant dans la cuisine avec sa mère, elle s'attend à rencontrer un homme grand et costaud, aux traits durs et incisifs. Elle ne s'est pas trompée: Erik Saddington est un homme costaud, et de grande taille, comme Falko, mais plutôt que d'être chauve, comme l'étaient les sylphors, il arbore une épaisse chevelure noire et bouclée, et les extrémités de ses oreilles sont parfaitement rondes, comme celles des humains, au lieu d'être pointues.

— Ce soir, je vous ai préparé des pâtes au chorizo, annonce-t-il fièrement, le mets préféré d'Arielle.

Ah! oui? se dit la jeune femme. *Et depuis quand?*

Arielle sent quelque chose lui passer entre les jambes. Elle baisse les yeux pour apercevoir un chat qui s'installe en position assise, face à elle. Un chat gris et blanc, avec une encoche sur l'oreille gauche.

— Brutal…, laisse-t-elle échapper.

L'animal lui répond par un miaulement.

— Ce chat est amoureux de toi, Ari, déclare Emmanuel en entrant à son tour dans la cuisine, avec son bol de maïs vide.

— Tu n'auras plus d'appétit pour le dîner, lui reproche Erik, contrarié.

— Et alors ? rétorque Emmanuel sur un ton hargneux. Je déteste le chorizo.

Visiblement, les relations sont plutôt tendues entre le frère d'Arielle et Erik Saddington.

— Et de toute façon, j'ai un entraînement ce soir, poursuit Emmanuel. Davidoff doit venir me prendre d'ici quelques minutes.

Davidoff…, se répète Arielle. *Ça ne peut être que Noah. Alors, Emmanuel et Noah sont amis ?*

— Tu viendras nous voir ? demande Emmanuel à Arielle.

— Euh… je ne sais pas…, répond cette dernière, prise au dépourvu.

Elle jette un regard à Brutal, en espérant qu'il trouvera un moyen de lui indiquer ce qu'elle doit faire. L'animalter pousse un second miaulement, qu'elle interprète comme un « oui ».

— D'accord, oui, probablement, répond alors Arielle, un peu nerveuse.

— Simon sera là, ajoute Emmanuel.

— Super. Génial.

— À ce soir, maman, dit ensuite Emmanuel en posant un baiser sur la joue de Gabrielle.

— Mais attends, tu dois manger ! réplique celle-ci.

— Pas trop, justement, répond Emmanuel. L'entraîneur a promis de nous faire cracher nos tripes ce soir. À plus !

L'adolescent quitte la cuisine par une porte qui semble donner sur un couloir, puis Arielle l'entend ouvrir une autre porte et dévaler les marches d'un escalier. Quelques secondes plus tard, on sonne à la porte.

— Arielle, tu veux aller ouvrir ? lui demande gentiment Gabrielle. Ce doit être Noah. Ton frère est probablement descendu au sous-sol chercher son équipement de hockey.

— Pas… Pas de problème, maman.

Arielle, hésitante, fait lentement demi-tour, puis retourne dans le salon, accompagnée de Brutal. Tous les deux entrent dans le vestibule, mais Arielle s'arrête devant la porte. Doit-elle ouvrir ? A-t-elle réellement envie de faire face à Noah, ou plutôt à Nazar ? Ce n'est pas sous les traits de Tomasse Thornando qu'il lui apparaîtra. *Il aura certainement réintégré son corps, celui d'avant*, se dit-elle. On sonne de nouveau, ce qui contribue à sortir Arielle de sa torpeur. Brutal lui sert un autre miaulement pour l'inciter à ouvrir, ce qu'elle se décide finalement à faire. Elle appuie doucement sa main sur la poignée, la tourne, puis ouvre enfin la porte.

C'est bien Noah Davidoff qui se tient devant elle. Il y a longtemps qu'elle n'a pas eu cette version de Noah sous les yeux, la version normale, ordinaire, celle qu'elle côtoyait tous les jours à l'école, au temps où ils y allaient encore tous. Que Noah se retrouve dans ce corps, plutôt que dans sa version alter, permet à Arielle de bien différencier Noah et Razan, le corps et les traits d'alter de Razan étant beaucoup plus gracieux, beaucoup plus masculins, que ceux de Noah. La jeune femme s'examine dans le miroir du vestibule et prend alors conscience qu'elle a également quitté son corps d'alter pour se retrouver dans un autre, celui de la petite rousse boulotte qu'elle détestait tant. Bien qu'elle ait vécu pendant des années à l'intérieur de ce corps, elle s'y sent plutôt à l'étroit dorénavant.

— Salut, Arielle, dit Noah.

Elle ne répond pas. Ce garçon, qu'elle a cru un jour aimer, ne lui inspire plus que du mépris et du dégoût.

— Je... Je me suis éveillé dans la voiture de mon père. Elle était stationnée devant cette maison, alors j'ai cru que... Mais que fais-tu en rousse?

— Nous ne sommes plus chez nous, lui révèle Arielle en se souvenant que Noah était passablement amoché quand Brutal leur a parlé dans la cabine.

Le garçon n'a donc pu entendre les explications de l'animalter.

— Que veux-tu dire?

— Brutal nous a fait voyager dans un univers parallèle, explique-t-elle en jetant un coup d'œil à ses pieds, là où se trouve l'animalter. Dans ce monde, les elfes et les alters n'existent pas, ce qui fait que nos vies sont des plus ordinaires.

— Mais pourquoi avoir fait ça? Pourquoi sommes-nous ici?

— Pour mettre la main sur une arme qui tuera Loki.

— Quoi ? Mais vous êtes fous !

— Elle se trouve quelque part sous le manoir Bombyx. Et tu vas nous aider à la retrouver.

Noah éclate de rire.

— Jamais !

En réponse à cela, Arielle lui adresse un simple sourire.

— Alors, nous t'abandonnerons ici, lui dit-elle ensuite avec la plus grande fermeté.

Les traits de Noah se figent. Il sait qu'elle ne blague pas.

— Tu me laisserais vraiment ici ?

— Si ça ne tenait qu'à moi, tu connaîtrais un sort encore pire.

— Tu me détestes à ce point ?

— Encore plus.

Arielle entend quelqu'un venir derrière elle.

— Hé ! Davi ! lance Emmanuel. Tu es en retard, mon vieux. La pratique commence dans moins de quinze minutes. Il faut se dépêcher. Tu connais l'entraîneur : il va nous en faire baver plus que les autres !

Emmanuel passe devant sa sœur, son sac de sport sur l'épaule, et va rejoindre Noah à l'extérieur. Ce dernier ne peut détacher son regard d'Arielle, comme s'il attendait un dernier mot, une dernière parole.

— À tout à l'heure, dit-elle sur un ton glacial, le même qu'elle emploie depuis le début de leur conversation.

15

*En ouvrant les yeux, Razan
constate qu'il se trouve dans un
vaste bureau, entouré de grandes
fenêtres panoramiques.*

Les larges baies vitrées lui permettent d'admirer la ville, mais aussi le soleil qui est sur le point de se coucher. Le soleil de Midgard étant caché par la lune depuis si longtemps, Razan ne peut s'empêcher de contempler un instant ce spectacle. Une fois le soleil disparu à l'horizon, il baisse les yeux vers la ville, en contrebas. Selon son évaluation, il se trouve actuellement au quarantième, peut-être au cinquantième étage d'une haute tour. Devant lui s'élève l'Empire State Building ; il se trouve bien à Manhattan, dans l'édifice abritant le siège social de la Volsung. La dernière année, il l'a passée sous ce bâtiment, enfermé avec Jason Thorn dans l'une des cellules du repaire souterrain aménagé par Laurent Cardin et Karl Sigmund. *Ces souterrains n'existent certainement pas, ici, dans cette... dimension,* songe Razan.

Le téléphone posé sur son grand bureau d'acajou se met à sonner, ce qui le fait sursauter. Razan se rapproche du bureau pour saisir le combiné du téléphone.

— Karl Sigmund à l'appareil.

— Je m'apprêtais à rentrer chez moi, monsieur, annonce une voix de femme.

Probablement la secrétaire de Sigmund, se dit Razan.

— Vous avez besoin de quelque chose?

— Notre jet est disponible?

— Oui, répond-elle. Monsieur Cardin est revenu ce matin de son voyage en France. Mais vous êtes au courant, non? L'avion s'est posé à La Guardia et se trouve toujours là-bas.

— Très bien, dit Razan. Faites-le préparer, je dois partir ce soir pour le Canada. Disposons-nous d'une piste d'atterrissage près de la petite ville de Belle-de-Jour?

— Attendez un instant, je vérifie...

Quelques secondes plus tard, elle revient à son patron.

— L'école de parachutisme Sigmund & Cardin est située au sud de Noire-Vallée, la ville voisine de celle où vous souhaitez vous rendre. Mais vous ne pourrez pas atterrir là-bas. Ce n'est pas un véritable aéroport. Il n'y a pas de services de douanes, ni d'immigration et...

— Je me charge de tout ça, n'ayez pas d'inquiétudes. Autre chose. Je vais avoir besoin d'un chauffeur pour me rendre à l'aéroport.

— Bien sûr, monsieur. Le vôtre vous attend en bas, dans le stationnement. Souhaitez-vous annuler votre présence au souper-bénéfice de ce soir ?

— Oui, annulez tout, et essayez de me trouver les coordonnées d'un certain Jason Milton. Je ne suis pas certain qu'il vive à New York. Essayez aussi dans le New Jersey. Si vous trouvez quelque chose, transférez l'information sur mon cellulaire. Bonne soirée, euh…

— Julia, monsieur.

— Bonne soirée, Julia !

Sitôt le téléphone raccroché, Razan se dirige vers l'ascenseur qui donne directement sur son bureau. *Caprice de riche,* se dit-il. *Mais c'est tout de même fort utile.* Une fois dans l'ascenseur, il appuie sur le bouton au-dessus duquel est indiqué STATIONNEMENT DE LA DIRECTION, puis attend que les portes se referment devant lui. Une minute plus tard, il débarque dans le stationnement où l'attend une longue limousine de couleur noire. Le chauffeur en descend et s'empresse d'ouvrir une portière pour son patron.

— Bonsoir, monsieur.

Razan réalise seulement à cet instant que son chauffeur est en fait une femme. Bien camouflée sous sa casquette et derrière ses lunettes de soleil, elle pourrait facilement passer pour un homme.

— Rappelez-moi votre nom, l'enjoint Razan avant de s'engouffrer dans la limousine.

— Hélène, monsieur. Hélène Stewart.

Ce nom lui dit quelque chose, mais il n'en fait pas de cas.

— Bonsoir, Hélène. Vous me conduisez à l'aéroport?

— Le plus rapidement possible, monsieur.

— Alors, vous aurez un bon pourboire.

— Je ne prends pas les pourboires, monsieur Sigmund, répond la jeune femme, surprise. Je suis votre employée.

— Ah oui, c'est vrai, répond Razan, gêné. J'avais oublié. Pardonnez-moi.

Se maudissant d'être aussi idiot, Razan s'installe sur le siège arrière et consulte son téléphone cellulaire, en espérant que la secrétaire a réussi à dénicher l'adresse de Jason. Il y a bien un message texte sur l'écran, mais celui-ci n'a rien d'encourageant : Rien trouvé, monsieur. Ni à New York ni au New Jersey. Poursuis mes recherches dans les États voisins. Désolée. Julia. *Peut-être que ce vieux cow-boy a rendu l'âme, après tout,* songe Razan. *Mais n'est-ce pas ce que nous avons tous fait en venant ici, rendre l'âme?*

La limousine démarre une seconde plus tard. Les voilà en route pour l'aéroport de La Guardia. La distance séparant Manhattan de l'aéroport est d'environ une quinzaine de kilomètres. Normalement, ce genre de trajet ne devrait pas prendre plus de dix minutes à parcourir, mais c'est sans compter les bouchons de circulation. Et bouchons de circulation il y a, au grand désespoir de Razan. *J'espère que tout va bien pour la gamine,* se dit-il en songeant à Arielle. *J'arrive, ma belle, tiens bon.* Quarante-cinq minutes plus tard, ils sont enfin à La Guardia, mais plutôt que de se diriger vers l'aérogare, Hélène prend la direction du hangar de la Volsung, identifié par un immense V fluorescent. Razan est soulagé d'apercevoir le jet privé de la compagnie, qui les attend déjà sur la piste.

À sa sortie du véhicule, il est accosté par un employé de la Volsung, qui le prie de retarder son embarquement.

— Il est en route, monsieur, lui dit l'homme. Il nous a téléphoné et nous a suppliés de vous faire patienter.

— De qui parlez-vous?

— De votre ami, Jason Milton. Il a pris un taxi et sera bientôt ici.

Deux phares apparaissent alors à l'horizon et semblent se rapprocher de plus en plus de l'avion et du hangar.

— C'est sans doute lui, monsieur.

En effet, la voiture qui s'immobilise derrière la limousine ne peut être autre chose qu'un taxi de la ville de New York, sa couleur jaune éclatante le rendant facilement identifiable. Un vieil homme muni d'une canne en bois s'extirpe péniblement du véhicule. Il paie le chauffeur et entreprend sa lente progression vers Razan, qui décide de se porter à sa rencontre, question de lui éviter des efforts inutiles.

— Jason, c'est bien toi? lui demande Razan.

Le vieillard hausse les épaules, comme s'il n'en était pas réellement certain.

— Ça m'en a tout l'air, répond-il d'une voix rauque, brisée par les années.

— Tu as pris un sacré coup de vieux, on dirait!

— M'en… M'en parle pas…

— Comment as-tu fait pour me retrouver?

Le pauvre Jason a de la difficulté à respirer. Il a de graves problèmes pulmonaires, à n'en pas douter. Chaque fois qu'il veut parler, il doit tout d'abord prendre une grande inspiration.

— Dans le *Nocturnus*… Brutal a dit que tu devais prendre cet avion. J'ai appelé un taxi, de l'hospice… et, et je suis venu.

Il s'arrête un instant, pour reprendre son souffle, puis reprend:

— Mais avant… avant j'ai appelé tes employés. Afin qu'ils t'empêchent de partir… sans moi. Sans moi, oui, répète-t-il d'une voix chevrotante mais ferme, comme s'il craignait de ne pas s'être montré assez clair.

— C'est pas un taxi pour l'aéroport que tu aurais dû demander, mais pour l'hôpital, observe Razan en l'aidant à marcher jusqu'à l'avion. Encore que la morgue soit peut-être une meilleure idée.

— Très… drôle… idiot.

Le pilote abandonne son poste et descend de l'appareil pour donner un coup de main à Razan. Tous les deux ne ménagent pas leurs efforts pour soutenir Jason, et doivent lui prêter assistance pour qu'il puisse monter à bord du jet. Une fois dans la cabine, ils le conduisent jusqu'au siège le plus proche et l'aident ensuite à s'installer confortablement. Ceci fait, le pilote retourne à la cabine de pilotage, laissant seuls derrière lui ses deux passagers.

— Tu ne me seras pas très utile dans cet état, lui dit Razan en bouclant sa ceinture. Ils t'ont mis une couche, au moins, à l'hospice?

— La ferme… Razan.

— Sigmund, le corrige aussitôt Razan. Mon nom, ici, c'est Sigmund. Tu vas survivre au décollage, cow-boy ?

16

*Arielle s'empresse de terminer
son repas.*

Elle est heureuse d'avoir partagé ce moment
avec Gabrielle, sa mère, mais le fait de se retrouver
dans la même pièce qu'Erik Saddington contribue
à la mettre mal à l'aise. Elle voudrait bien voir en
lui autre chose que le sadique Falko, mais en est
incapable. Même si l'homme ne ressemble pas en
tout point à l'elfe voïvode qu'elle a combattu, il
n'en reste pas moins que sa seule présence autour
de la table provoque chez Arielle une résurgence
de mauvais souvenirs. Des souvenirs que la jeune
femme souhaiterait effacer entièrement de sa
mémoire. L'évocation de son nom suffit à la faire
frissonner : Saddington. L'image du voïvode est
alors remplacée, dans l'esprit d'Arielle, par celle de
sa mère, la nécromancienne Saddington. S'il y a un
adversaire que la jeune femme ne peut oublier,
c'est bien cette vieille sorcière de Saddington.

Alors qu'elle aide sa mère à ranger après le dîner, le téléphone se met à sonner. Erik répond, puis passe le combiné à Arielle.

— C'est pour toi. Une fille.

Arielle se dit que c'est peut-être Elizabeth. Mais Elizabeth existe-t-elle dans cet univers-ci? Probablement, mais peut-être n'habite-t-elle pas Belle-de-Jour, et peut-être aussi que les deux jeunes filles ne se connaissent pas. Arielle reconnaît néanmoins la voix de la personne qui se trouve à l'autre bout du fil. Ce n'est pas Elizabeth, mais Ael, ou plutôt Léa Lagacé:

— Alors, l'orangeade, remise de tes émotions?

Arielle préfère que sa mère et Erik n'entendent pas sa conversation avec la jeune Walkyrie. Elle passe au salon.

— Où es-tu? demande-t-elle à voix basse.

— Chez moi, avec mes parents. L'ennui total. Tu es prête pour ce soir?

— Ce soir?

— Après l'entraînement, on se rend tous au manoir Bombyx. Simon a organisé une petite fête en ton honneur. Ton frère m'a téléphoné du centre sportif. On sort ensemble tous les deux, tu le savais?

— Pourquoi une fête en mon honneur?

— C'était ton anniversaire il y a deux semaines. Mais comme nous étions tous débordés par nos travaux d'université, Simon a voulu se racheter et a décidé de t'organiser une fête ce soir.

Travaux d'université? songe Arielle. *Mais bien sûr. Nous sommes en 2009, je suis donc âgée de dix-neuf ans! Mon Dieu, tout ça a semblé passer si vite!* Elle n'avait pas réalisé que plusieurs années s'étaient écoulées depuis qu'ils allaient tous à l'école secondaire de Belle-de-Jour. Plusieurs d'entre eux ont donc quitté la ville pour poursuivre leurs études.

— C'est l'occasion idéale de mettre la main sur cette épée dont nous parlait Brutal, poursuit Ael. Le minet, il est avec toi?

Arielle cherche l'animalter dans le salon. Elle le trouve juché sur l'un des accoudoirs du canapé. Il la fixe en silence, la tête légèrement inclinée et une oreille tendue, comme s'il cherchait à entendre ce qu'Ael lui dit.

— Oui, il est là.

— D'accord. On se retrouve au centre sportif. Amène le chat avec toi.

— Bien sûr.

Après avoir raccroché, Arielle retourne dans la cuisine. Elle remet le combiné à Erik et informe sa mère qu'elle part rejoindre Léa Lagacé au centre sportif.

— Léa Lagacé? fait Gabrielle, surprise. Tu en es certaine?

— Quoi, ce n'est pas bien?

— Je croyais qu'elle te faisait des misères depuis que Simon Vanesse et toi sortez ensemble.

Arielle ne sait pas quoi répondre. Alors, Léa et elle sont donc aussi des ennemies dans cette dimension?

— C'est la copine d'Emmanuel, maman, répond-elle.

Gabrielle hausse les sourcils.

— Ah oui?

— Depuis quand? demande Erik avec le sourire, sans doute fier que son beau-fils se soit enfin trouvé une petite amie.

Visiblement, Emmanuel ne les a pas prévenus.

— Nous avons enterré la hache de guerre, Léa et moi. Je dirais même que nous nous sommes rapprochées toutes les deux.

Gabrielle l'évalue du regard, comme si elle sentait que sa fille ne lui dit pas toute la vérité. Ou peut-être s'inquiète-t-elle seulement pour Emmanuel? Après tout, dans ce monde-ci comme dans l'autre, Léa Lagacé n'est certainement pas réputée pour sa gentillesse et son indulgence.

— C'est génial alors, dit la femme, sans toutefois montrer autant d'enthousiasme qu'Erik.

— Je prends mon manteau et je file, les prévient Arielle. On se revoit ce soir? Et ne cherchez pas Brutal, il m'accompagne.

— Tu emmènes ton chat là-bas? demande Erik, intrigué.

— Ael... euh, Léa veut le voir. Je lui en parle depuis si longtemps...

Erik acquiesce, avec l'air de dire: « Comme tu veux... », mais Gabrielle n'est pas dupe.

— Je te trouve bizarre, Arielle, lui avoue-t-elle. Tu nous caches quelque chose?

— Pas du tout, maman, répond la jeune fille avec un sourire forcé. Tout va bien, ne t'inquiète pas.

— Tu reviens ici après l'entraînement?

— Oui, tout de suite après, ment Arielle.

— Bonne soirée alors.

— Merci, maman.

— Allez, viens, dit Erik, je vais t'y conduire.

— Hein ? Euh, non, ce n'est pas nécessaire.

Arielle ne souhaite pas passer une seconde de plus en sa compagnie.

— Tu ne peux pas y aller à pied, l'informe Erik, c'est beaucoup trop loin. Et il fait noir à cette heure-ci. On va y aller ensemble, ça me fait plaisir. Il y a longtemps que je veux assister à l'un de ces entraînements.

— Mes copines seront là, tu sais...

— Je m'en doute, chérie. Tu iras les retrouver. Je peux très bien m'occuper de moi-même, ajoute-t-il avec un clin d'œil.

Décidément, Arielle ne peut supporter cet homme. « Chérie » ?... C'est bien ainsi qu'il l'a appelée ? Cela suffit pour lui donner la nausée.

— C'est gentil, Erik, mais je préférerais...

— Laisse-le t'accompagner, la coupe Gabrielle. Je serai moins inquiète.

Arielle finit par céder, bien malgré elle, uniquement pour rassurer sa mère et éviter qu'elle n'entretienne davantage de soupçons à son endroit. N'empêche que la seule perspective de se retrouver seule dans une voiture avec Erik Saddington la terrifie comme jamais.

17

*Erik Saddington conduit une
Mercedes de couleur noire.*

Arielle est assise devant, sur le siège du passager, Brutal sur ses genoux. Elle n'ose ni parler ni
bouger. Dès qu'Erik a ouvert la portière pour
s'installer au volant, la jeune femme a senti tous
les muscles de son corps se crisper.

Au moins, se dit-elle, *Brutal est avec moi. Si
Erik se montre menaçant, il pourra toujours lui
lacérer le visage avec ses griffes…*

Bien que la peur et le mépris qu'éprouve
Arielle pour cet homme soient grands, elle est
consciente qu'ils ne sont pas réellement justifiés;
elle doit arriver à se convaincre que cette version
d'Erik Saddington n'a rien à voir avec ce monstre
de Falko. *Il n'est pas Falko,* se répète-t-elle alors
qu'ils font route vers le centre sportif, *et il ne le
deviendra jamais.* L'homme qui se trouve avec
elle dans la voiture est quelqu'un de totalement

différent, qui n'a jamais connu d'elfes ou d'alters, dont l'esprit et le corps n'ont jamais été corrompus par le sang d'un kobold. Il est humain, avec tout ce que cela peut comporter de mauvais, mais aussi de bon.

— Simon sera là aussi? demande Erik, pour briser le lourd silence qui règne dans la Mercedes.

Le voilà qui veut faire la conversation, songe Arielle, de mauvaise humeur. *Faut pas pousser, quand même.*

— Oui, répond-elle sèchement.

— Il est le capitaine de l'équipe, pas vrai?

— Oui.

— Gabrielle m'a dit que c'était ton petit copain.

— Il paraît.

— Vous sortez ensemble depuis peu, n'est-ce pas?

— Et alors?

— Alors? Rien. Il est gentil avec toi?

— Tu te prends pour mon père ou quoi?

— Non, non, c'est simplement que je veux m'assurer que…

— Que quoi? Qu'il me traite convenablement?

— Euh, oui, c'est un peu ça…

— Simon Vanesse a fait pour moi ce que bien peu de gens auraient fait, déclare-t-elle en repensant à l'oncle Sim, et au sacrifice qu'a dû faire Simon pour tenir ce rôle.

Elle se demande quel effet ça lui fera de revoir l'oncle Sim dans sa version adolescente. Il y a quelques années, elle s'était crue amoureuse de Simon Vanesse, mais ce sentiment avait bien vite disparu. C'est Noah, par ses actes, qui lui avait fait oublier Simon. Des actes qui allaient plus tard être attribués en toute légitimité à Razan. Le véritable sentiment amoureux, Arielle ne l'a ressenti que pour un seul garçon dans sa vie. Et ce garçon, c'est Tom Razan. L'attirance qu'elle a jadis éprouvée envers Simon Vanesse s'est entièrement volatilisée le jour où ce dernier a choisi de retourner dans le passé pour s'occuper d'elle, alors qu'elle n'était encore qu'une jeune enfant. Et cette situation est désormais irréversible. À partir de maintenant, elle n'éprouvera plus envers Simon qu'une tendre affection. Celui d'une nièce pour son oncle.

— L'important, c'est que tu sois heureuse, ajoute Erik.

Heureuse, je le suis dans la mesure de mes moyens, se dit Arielle.

Ils arrivent enfin devant le centre sportif. Une fois la Mercedes immobilisée, Arielle détache sa ceinture et descend du véhicule, Brutal dans ses bras. Alors qu'elle referme la portière, elle lance un « À ce soir » dénué de tout entrain, puis va retrouver Ael, qui l'attend devant les portes du complexe.

— Il a une jolie bagnole, ton beau-papa, lance celle-ci au moment où Arielle arrive enfin à sa hauteur.

— M'en parle pas.

Brutal miaule afin qu'Arielle le dépose par terre.

— Ils acceptent les animaux ici? demande Ael en fixant l'animalter d'un œil narquois.

— Inutile de demander. Allez, on entre.

Ael ouvre une des portes vitrées du centre sportif et laisse filer devant elle Arielle et Brutal, avant de pénétrer à son tour dans le bâtiment. Arielle se souvient d'être venue ici plusieurs fois en compagnie d'Elizabeth, pour assister à des matchs de hockey, surtout lorsque Simon Vanesse y jouait.

— Aucune nouvelle des « trois clones » ? demande Arielle à la jeune Walkyrie, faisant ainsi référence à Daphné Rivest, Judith Mongeau et Bianca Letarte, les trois amies de Léa Lagacé, qui lui collaient aux fesses partout où elle allait.

— Elles ne vont pas à la même université que nous, répond Ael. Heureusement, car je n'aurais pas aimé les avoir dans les pattes.

Les deux filles emboîtent le pas à Brutal, qui a déjà grimpé plusieurs marches en béton menant aux gradins.

— Et à quelle université sommes-nous inscrites?

— Celle de Noire-Vallée, indique Ael. Tout comme Simon, Noah et ton frère. Mais nous revenons ici chaque fin de semaine, question de faire notre lessive et de réapprovisionner le frigo. Du moins, c'est ce que m'ont raconté les parents de Léa.

Une sensation de froid les happe soudain lorsqu'elles quittent l'escalier pour entrer dans l'amphithéâtre.

— C'est tout de même moins terrible que dans l'Helheim, observe Arielle après que sa compagne a lancé un « Brrr! » significatif.

— Les corps humains sont si fragiles et si sensibles, grogne Ael en examinant brièvement ses mains et ses bras. Ça me met en rogne!

Plus bas, au centre, se trouve la patinoire. Arielle et Ael prennent place l'une à côté de l'autre dans les gradins, tandis que Brutal trouve de nouveau refuge entre les bras chauds et accueillants de sa maîtresse. Les joueurs sur la glace se plient docilement aux instructions données par leur entraîneur. Arielle remarque qu'ils ne portent plus les couleurs de l'école de Belle-de-Jour, mais plutôt un chandail blanc sur lequel sont brodés les noms et logos de leurs commanditaires.

— Qui aurait cru qu'ils finiraient tous dans une ligue de garage? commente Ael.

— Ils terminent bientôt l'entraînement? demande Arielle.

— Plus que quelques minutes. Le vrai match, c'est pour demain.

Après que les joueurs ont effectué plusieurs tours de patinoire, l'entraîneur les enjoint enfin d'aller aux douches.

— Ils viendront nous rejoindre ensuite, dit Ael.

Tout cela ne prend pas plus d'une vingtaine de minutes. Simon est le premier à apparaître, suivi de près par Noah et Emmanuel.

— Alors, les gars, on en a transpiré un bon coup? s'enquiert la Walkyrie.

— Comme toujours, répond Simon en s'arrêtant devant elles. Alors, vous venez?

C'est bien le Simon qu'Arielle a connu: beau, grand et fort. Mais elle ne s'est pas trompée dans l'évaluation de ses sentiments pour lui. En sa présence, elle ne ressent qu'un amour filial. Qu'il soit jeune ou vieux, il est et demeurera toujours son oncle Sim. Ni plus. Ni moins.

— Où allons-nous ? demande Arielle, feignant l'ignorance.

— Chez mon grand-père, au manoir Bombyx.

— Et que nous vaut ce privilège ?

— Je ne peux rien te dire, mon cœur, répond Simon. C'est une surprise.

Emmanuel et Noah se placent de chaque côté de Simon, comme deux gardes du corps. Simon est le leader du trio, Arielle en est convaincue.

— Mais qu'est-ce qu'il fout là, lui ? demande Emmanuel, l'air outré, en désignant Brutal.

— Il avait besoin de prendre l'air, rétorque sa sœur d'un ton cassant.

— Tu ne changeras jamais, toi…, lui reproche son frère. Toujours aussi têtue.

— Faut y aller, insiste Simon. La limo de mon grand-père nous attend dehors. Notre équipement s'y trouve déjà.

— Vous avez pris bien soin de tout organiser, à ce que je vois, observe Ael.

— Ça en vaut le coup, répond Simon en adressant un regard amoureux à Arielle.

18

Une fois qu'ils ont tous pris place dans la limousine de Xavier Vanesse, le chauffeur démarre en trombe, obéissant sans doute aux consignes de son jeune patron.

Le véhicule prend vite la direction du chemin Gleason, qui mène directement au manoir Bombyx. Une fois qu'ils sont sur la route, Simon quitte sa banquette — la même sur laquelle ils ont tous forcé Arielle à s'asseoir —, et s'agenouille devant le minibar.

— Vous voulez un verre?

— Bien sûr! répond Emmanuel avec enthousiasme. On fait la fête, non?

— Pas pour moi, merci, dit Arielle.

— Je ne veux rien non plus, renchérit Ael.

— Peut-être plus tard, dit à son tour Noah. Tu as de l'eau?

— De l'eau? répète Emmanuel, comme si son ami avait proféré un blasphème.

— Je ne souhaite pas m'enivrer, explique Noah pour se défendre.

— Quel est le but de cette soirée, alors, si on ne boit pas un coup ?

Simon semble d'accord avec Emmanuel. Il tend une bouteille d'eau Évian à Noah, puis passe une bière à Emmanuel, avant d'en choisir une pour lui aussi. Bouteille en main, il retourne s'asseoir auprès d'Arielle. *Pourvu qu'il n'essaie pas de m'embrasser,* songe cette dernière avec appréhension. Il lui faudrait alors rejeter ce pauvre Simon. Lui faire de la peine, c'est bien la dernière chose qu'elle souhaite. Après tout ce qu'il a fait pour elle durant ces années...

— Je propose que nous portions un toast ! lance alors Simon. Enfin, que Noah, Manu et moi en portions un !

Noah et Emmanuel lèvent ensemble leur bouteille.

— À Arielle ! s'exclame Simon. Joyeux anniversaire, ma chérie !

— Bonne fête, sœurette ! lance à son tour Emmanuel.

— Bonne fête, lui dit Ael, qui est assise en face d'elle.

Puis vient le tour de Noah :

— Arielle, je te…

— C'est pas la peine, Nazar ! le coupe énergiquement la principale intéressée.

Cette interruption contribue à créer un malaise dans l'habitacle.

— Je voulais juste…

— La ferme, Noah ! intervient cette fois Ael.

Simon et Emmanuel ne comprennent pas la réaction de leurs copines.

— Mais qu'est-ce qui vous prend, toutes les deux ? demande Emmanuel. Et qui c'est, ce Nazar ?

— Laisse tomber, lui conseille Ael. C'est un truc entre filles.

Emmanuel se tourne alors vers Noah.

— Tu y comprends quelque chose, toi ? Elles t'en veulent ou quoi ?

Pour toute réponse, Noah se contente de hausser les épaules, après quoi il avale une longue gorgée d'eau.

— Explique-moi, chérie, l'implore Simon sur un ton mielleux, tout en se rapprochant un peu plus d'Arielle.

De façon presque machinale, elle se déplace à son tour sur la banquette, afin de rétablir l'écart qui la séparait de Simon quelques secondes plus tôt. Pas question de lui céder un pouce de terrain. Maintenant qu'il boit, ce sera encore plus difficile de le maintenir à distance.

— Noah n'a pas été très gentil avec l'une de nos copines, explique-t-elle ensuite.

— Ce n'est que ça ? se moque Emmanuel, à la fois soulagé et amusé. Bon Dieu, fallait le dire tout de suite !

— Il l'a trahie, précise Arielle.

— Je ne voulais pas…, souffle alors Noah.

—Tu es tout pardonné, Davi ! déclare Emmanuel en donnant une tape amicale sur l'épaule de son ami.

— Moi, j'en connais une qui ne te pardonnera jamais, ajoute Ael en toisant brièvement Noah, puis en portant son regard sur Arielle.

— Bon, ça suffit, leur lance Simon. Ce soir, nous fêtons Arielle. Il faut s'amuser, d'accord? Les règlements de comptes, on remet ça à demain!

Au moment où Simon prononce ces paroles, un crépitement résonne dans l'habitacle et le chauffeur leur annonce, au moyen d'un interphone, qu'ils seront bientôt arrivés à destination. Quelques minutes plus tard, le véhicule s'immobilise devant le manoir. Simon ouvre la portière et sort de la limousine, invitant ses amis à faire de même. Les trois garçons, les deux filles et le chat gravissent ensemble les marches menant à la terrasse. *Le manoir n'a pas changé*, constate Arielle en examinant la façade du bâtiment. *Il est exactement le même, sauf qu'il n'a pas été abîmé par les attaques,* ajoute-t-elle pour elle-même, en songeant au raid des sylphors et de leur troll. Beaucoup d'eau a coulé sous les ponts depuis cette époque. Tant de changements et de retournements sont survenus dans la vie d'Arielle qu'elle n'arrive plus à les dénombrer. *Aurais-je eu droit à une existence plus paisible si j'avais vécu dans ce monde, plutôt que dans l'autre?* Assurément, mais jamais elle n'aurait connu Razan alors, et cela la conforte dans l'idée qu'elle n'échangerait sa vie pour rien au monde. *Je ne souhaite pas vivre paisiblement ou plus longtemps,* réalise-t-elle. *Je souhaite vivre dans un monde où Tom Razan existe.*

Une fois qu'ils ont tous atteint la terrasse, Simon leur ouvre les portes du manoir et les invite d'un geste à entrer.

— Mon grand-père est à Noire-Vallée pour la soirée. Il m'a autorisé à utiliser la piscine intérieure. Les domestiques sont au courant, et ils ont préparé des trucs à manger pour nous.

Ils passent tous devant la salle de bal, ce qui ne manque pas de rappeler certains souvenirs à Arielle — autant heureux que malheureux —, puis Simon les entraîne à sa suite dans une série de couloirs qui les mènent finalement à un vaste solarium. C'est dans cette immense pièce vitrée que se trouve la piscine. Arielle visite cet endroit pour la toute première fois ; à vrai dire, elle n'est même pas certaine qu'il existe dans l'autre réalité — la sienne. Dès qu'elle y entre, la jeune femme est immédiatement frappée par l'odeur de chlore. L'air est si chaud et si humide qu'elle a l'impression de s'enfoncer dans une région tropicale. À des crochets sont suspendus des maillots de bain, qui portent encore l'étiquette de la boutique où ils ont été achetés, et à l'extrémité de la salle, on trouve une table. La blancheur de la nappe qui la recouvre met en valeur de nombreuses victuailles : soupe, sandwichs, salades, croustilles, ainsi qu'une bouteille de vin, quelques bières, des bouteilles d'eau (gazéifiée et plate) et de boissons pétillantes. Sur une plus petite table derrière la grande, Arielle peut apercevoir un gâteau d'anniversaire. Sur le mur, au-dessus des tables, s'étale une longue banderole sur laquelle il est écrit : « Joyeux anniversaire, Arielle ! »

— J'ai tout prévu ! leur annonce Simon en indiquant les maillots de bain, puis les deux tables garnies de nourriture. Et il y aura même de la musique.

— Où sont les autres invités ? demande Emmanuel.

— Il n'y a que nous, répond Simon avec un large sourire satisfait.

Le jeune homme paraît fier de son initiative. Mais à voir la mine défaite d'Emmanuel, il est clair qu'il ne partage pas l'enthousiasme de son ami.

— Tu veux dire qu'il n'y aura personne d'autre que nous ? Tu m'avais bien parlé d'une surprise-party, non ?

— Ben, c'est ça, justement, la surprise…

— Tu veux dire la bouffe et l'alcool ? C'est pas sérieux !

— Je voulais que ça demeure… intime, explique Simon. Tu connais ta sœur, elle n'aime pas les cérémonies, et encore moins les foules. Je ne pouvais quand même pas inviter tous les habitants de Belle-de-Jour !

— Au moins quelques filles, non ? réplique Emmanuel.

— Et pourquoi, s'il te plaît ? lui demande Ael, qui joue bien son rôle de petite amie jalouse.

— Euh… eh bien, c'est à Noah que je pense, mon amour !

— Moi, ça me convient parfaitement, intervient Arielle. Merci, Simon, dit-elle ensuite en posant un baiser sur la joue du garçon. Ça me fait vraiment plaisir.

— Si on se trouve ici, ce n'est pas vraiment pour s'amuser, n'est-ce pas ?

Cette fois, c'est Noah qui a parlé. Il observe tour à tour Ael et Arielle, attendant une réaction de leur part, mais la seule réponse vient de Brutal, dont le miaulement est interprété par Arielle comme un signal d'avertissement.

— Ah, non ? Pour quelle raison, alors ? demande Emmanuel.

— On a un boulot à accomplir, poursuit Noah, sous le regard réprobateur des deux jeunes femmes.

Mais qu'est-ce qui lui prend ? se demande Arielle. *Ce n'est pas le moment de tout déballer !* La jeune femme ne s'attendait pas à ce que Noah leur pose un tel problème, et elle se trouve idiote de ne pas avoir anticipé le coup. C'est dans l'intérêt du garçon de tout faire dérailler, lui qui s'oppose à ce qu'Arielle et ses compagnons retrouvent l'épée Adelring et s'en servent contre Loki.

Pour descendre au sous-sol et trouver cet arbre Barnstokk, il leur faut attendre plus tard dans la soirée, attendre que Simon et Emmanuel aient bu, qu'ils soient plus détendus et moins alertes. Mais Noah, avec ses insinuations stupides, s'apprête à tout foutre en l'air. Il faut l'arrêter avant qu'il ne parvienne à contrecarrer leurs plans. Une fois le climat de méfiance installé, plus personne ne pourra quitter la pièce en douce sans éveiller les soupçons.

— Un boulot ? fait Simon, qui a perdu son sourire. Quel boulot ?

— Tu divagues, mon pauvre Noah, déclare Ael, espérant ainsi limiter les dégâts.

— Y a-t-il encore des cachots sous le manoir ? demande Noah à Simon.

Il n'en faut pas davantage à Brutal pour sortir ses griffes et se mettre à feuler en direction de Noah. *S'il était encore une panthère, il le dévorerait sur place,* devine Arielle.

— Des cachots? fait Simon, étonné à la fois par la question de Noah et par la réaction du chat. Il n'y a jamais eu de cachots ici. Il y a des souterrains, mais ils sont très peu fréquentés. On raconte qu'un domestique s'y est déjà perdu une fois, et on ne l'a jamais retrouvé... Pourquoi veux-tu savoir ça?

Noah hausse les épaules, puis se tourne en direction d'Ael et d'Arielle. Il les fixe avec un air de défi, avant de revenir à Simon et de répondre :

— Il y aurait, paraît-il, un fabuleux trésor caché quelque part dans ces souterrains...

Cette fois, c'en est trop, se dit Arielle. Elles n'ont plus le choix à présent : acculées au pied du mur, elles doivent agir, et vite. Ael est du même avis que sa compagne, un simple échange de regards entre les deux jeunes femmes le confirme. Sans avoir à se consulter, elles se jettent sur leur petit copain respectif et les poussent tous les deux dans la piscine.

— Hé! a le temps de crier Emmanuel avant d'être englouti sous l'eau.

— Allez! Viens, toi! s'écrie Ael en agrippant Noah par le bras.

Mais ce dernier résiste. Arielle s'empresse de prêter assistance à Ael, afin d'obliger Noah à avancer.

— Lâchez-moi! proteste le garçon.

— Je t'ai pourtant dit d'être coopératif, Nazar, crache Arielle. Le Tyrmann prétend que nous

avons besoin de toi. Je ne sais pas encore pourquoi, mais si tu n'obéis pas, tu sais ce qui t'attend :
on t'abandonne ici !

Noah grogne quelque parole inaudible, puis
finit par obtempérer. Il se lance à la suite des deux
filles, elles-mêmes devancées par Brutal. Le chat
prend la tête du groupe et court jusqu'à la sortie,
où il est vite rejoint par les autres.

19

*Le solarium abritant la piscine
intérieure est maintenant loin
derrière eux.*

Il ne faut guère de temps à Ael pour rattraper Brutal dans les couloirs. Tous les deux connaissent très bien le manoir et optent pour le même itinéraire de retour, celui qui devrait tous les ramener dans le hall principal. Il y a sans doute plusieurs accès menant à la cave, mais Ael et Brutal choisissent celui qui se trouve sous le grand escalier reliant le rez-de-chaussée à la mezzanine. Ils passent une nouvelle fois devant la salle de bal, puis s'engouffrent tour à tour dans le passage sous l'escalier. C'est Arielle qui ferme la marche ; elle tient à s'assurer que Noah ne leur fera pas faux bond.

— Cette ouverture devrait normalement nous conduire au coffre-fort, leur indique Ael, qui a pris les devants.

— Je doute que nous y trouvions le moindre coffre-fort, déclare Noah. N'ayant pas de médaillons demi-lunes à protéger contre les elfes, le Xavier Vanesse de ce monde-ci n'a sans doute pas senti le besoin d'en faire construire un !

Noah a raison : une fois qu'ils ont tous franchi l'ouverture sous l'escalier et descendu les marches de pierre menant au sous-sol, ils se retrouvent face à un trou noir qui ne semble déboucher sur rien. Dans l'une des parois rocheuses, ils découvrent une petite alcôve où sont alignées une demi-douzaine de lampes électriques. Chacun en saisit une et s'assure de son bon fonctionnement, avant de pénétrer dans l'obscur passage.

— Tu crois que Razan saura nous retrouver ? demande Arielle à la jeune Walkyrie tandis qu'ils avancent prudemment.

— Razan connaît le manoir aussi bien que moi, répond Ael, et il sait que l'épée se trouve à la cave. T'inquiète, l'orangeade, tu le reverras, ton chéri.

— Il devrait y avoir un couloir non loin d'ici, observe Noah, qui devrait nous mener à un embranchement, et de là...

— Non, je ne vois pas de couloir, le coupe Ael, qui continue d'avancer en compagnie de Brutal. Le vide, il n'y a que le vide. On dirait... une immense caverne.

— Simon a pourtant parlé de souterrains, leur rappelle Arielle.

— Si tu veux mon avis, rétorque Noah qui marche toujours devant elle, ce serait fort étonnant que ton cher Simon soit déjà venu ici.

— À quoi servent ces lampes alors ? demande Arielle. Il faut bien que des gens descendent ici de temps en temps, non ?

— Des entrepreneurs, peut-être, suppose Noah, que le vieux Vanesse a embauchés pour construire quelque chose ici. Un immense cinéma-maison, pourquoi pas ? Ou peut-être son fameux coffre-fort, tiens !

Le sol n'est pas rocheux ; il semble plutôt de terre battue. Et le plafond est suffisamment élevé pour leur permettre de se déplacer sans avoir à courber la tête ou le dos, ce qui est rarement le cas dans la plupart des souterrains que l'on retrouve sous les anciennes résidences.

Ne disposant que des rayons lumineux de leurs lampes pour s'éclairer, les deux jeunes femmes et le garçon progressent lentement, contrairement à Brutal qui, grâce à sa nyctalopie, les a déjà distancés. Ils arrivent néanmoins à percevoir les miaulements du chat, quelques dizaines de mètres devant eux, et se servent de ce repère pour avancer avec davantage d'assurance.

— Vous croyez vraiment qu'on va retrouver une épée magique ici ? ricane Noah. Vous êtes plus optimistes que je le pensais, les filles.

— Tu as besoin d'ouvrir ta grande gueule aussi souvent ? rétorque Ael.

— Je ne vous laisserai jamais tuer Loki, soyez-en averties.

— C'est ça, ouais…

Tous trois arrivent enfin à l'endroit où Brutal s'est arrêté. Assis par terre, le chat miaule en direction d'une pile de débris. Arielle éclaire celle-ci à l'aide de sa lampe, et découvre derrière la présence d'un mur de briques, au milieu duquel s'ouvre un petit passage de forme circulaire.

Les débris, surtout composés de planches pourries et de briques concassées, proviennent en partie du mur, mais sans doute aussi de la pièce ou de la cloison qui se trouve derrière. *Noah avait raison*, songe Arielle. *Des gens se sont occupés de défoncer ce mur à la masse et à la pioche. Nous ne sommes pas les premiers à nous intéresser à cet endroit.*

— C'est ouvert ? s'enquiert Ael.

Arielle pointe le faisceau de sa lampe en direction de l'orifice et constate que ce dernier donne sur une autre pièce, comme elle pensait.

— Ça m'en a tout l'air.

— Alors, on y va ? demande la jeune Walkyrie.

— Pas question que j'entre là-dedans ! objecte Noah.

— C'est parfait, trouillard, on peut se passer de toi, répond Ael en contournant le monceau de débris.

Elle se hisse dans l'ouverture, puis dirige la lumière de sa lampe vers Arielle.

— Tu viens ?

Arielle fait signe que oui, puis s'approche du mur de briques. Une fois qu'Ael est passée de l'autre côté, Arielle grimpe à son tour et disparaît dans la pièce adjacente. Brutal ne tarde pas à rejoindre sa maîtresse : il bondit sur les détritus, puis s'élance dans le trou. Noah se retrouve seul dans la cave, mais peut très bien entendre l'écho qui porte leurs voix jusqu'à lui.

20

Il fait aussi sombre dans cette pièce
que dans le reste de la cave.

Fort heureusement, dans un coin de la pièce, ils découvrent l'un de ces puissants projecteurs sur trépied dont se servent les ouvriers pour travailler le soir ou la nuit. Plutôt que de fonctionner à l'électricité, celui-ci est alimenté par une pile. Ael s'empresse de l'allumer, et la pièce se retrouve soudain baignée d'une lumière éclatante. Tout ce qu'elle contient apparaît brusquement aux yeux des deux jeunes femmes.

— Tout va bien ? fait Noah, de l'autre côté du mur.

— Depuis quand ça t'intéresse ? réplique Ael sur un ton incisif, tout en poursuivant son inspection des lieux.

Aux murs de briques sont suspendus de nombreux tableaux recouverts de poussière. À l'extrémité de la pièce se trouve un vieil établi, sur lequel reposent de petits flacons en verre portant l'inscription « FORMALDÉHYDE ». Derrière les flacons, sur une tablette, on distingue également une panoplie de petits outils, ainsi qu'une paire de jumelles et des sacoches en cuir de plusieurs formats. Dans l'une de ces sacoches est glissé un filet à papillons, dont les mailles ont été rongées par le temps, ou par les insectes.

— Le grand-père de Xavier Vanesse était un chasseur de papillons, déclare Arielle en se rapprochant de l'un des cadres fixés au mur.

Elle passe sa main sur la surface de l'objet afin d'en essuyer la poussière, et réalise que ce ne sont pas des tableaux, mais des boîtes à papillons : des boîtes vitrées qui servent à exhiber les prises du chasseur. À l'intérieur, Arielle discerne divers spécimens de lépidoptères : ailes déployées, leur corps traversé d'une petite aiguille servant à les maintenir sur un morceau de liège. De minuscules inscriptions manuscrites permettent de les identifier.

— Il utilisait probablement cet endroit comme atelier, suppose Arielle.

Pendant qu'Arielle poursuit son exploration des lieux, Ael s'attarde sur une forme sombre qui gît par terre, dans un angle de la pièce. Recouvert de poussière et de fils d'araignées, cet étrange objet cylindrique fait environ deux mètres de long. Quelque chose de presque aussi long, mais de beaucoup plus étroit, en dépasse. Lorsqu'elle s'agenouille devant l'objet, Ael comprend qu'il s'agit d'un tronc d'arbre séché, au centre duquel est plantée… une épée.

— Nous y voilà, annonce Ael.

Arielle se dépêche d'aller retrouver la jeune Walkyrie.

— Il est en mauvais état, fait remarquer Arielle en parlant de l'arbre.

— Et alors ? Tout ce qu'il faut faire, c'est retirer l'épée de là, non ?

Ael tend une main vers le tronc d'arbre et s'apprête à la poser doucement sur la poignée de l'épée, lorsqu'elle est interrompue dans son mouvement par un miaulement aigu de Brutal.

— Saleté de minet ! C'est quoi, son problème ? s'impatiente Ael, dont la paume ouverte n'est plus qu'à quelques centimètres de l'épée.

— Il n'y a que Karl Sigmund qui puisse le faire, lui rappelle Arielle. Il faut donc attendre Razan.

— Ton prince charmant est en retard, ma belle, alors je m'en occupe !

Sans plus attendre, Ael saisit l'épée dans sa main et tente de la sortir du tronc. Elle n'y arrive pas du premier coup, mais n'a pas l'intention d'abandonner aussi facilement. Elle s'y reprend une deuxième fois, avec le même résultat : l'épée demeure bien droite, immobile au centre du tronc. Après un troisième et un quatrième essais, Ael doit s'avouer vaincue : elle n'arrivera pas à la dégager de là.

— Si on essayait toutes les deux ? propose-t-elle à Arielle.

Brutal pousse un second miaulement.

— Inutile, déclare Arielle. Ça ne fonctionnera que si elle est extraite de la main de Razan, ou plutôt de Sigmund.

— C'est le minet qui t'a dit ça ? Tu parles aux animaux maintenant ?

— Des gens s'amènent ! les prévient Noah, passant son visage par l'ouverture. Deux nouvelles lampes se sont allumées à l'autre bout du corridor !

Arielle retourne vers le mur de briques. En passant la tête par l'orifice, elle constate que Noah dit vrai : deux faisceaux lumineux se rapprochent de leur position. *Peu de chances qu'il s'agisse de Simon et d'Emmanuel,* se dit Arielle. Elle doute que les deux garçons se soient aventurés jusqu'ici. À moins que ce soit Razan ? Il n'est pas seul, en tout cas, mais peut-être que Jason se trouve avec lui ? Ils savent tous les deux que l'épée se trouve quelque part sous le manoir Bombyx. Ils ont certainement réussi à trouver un avion pour quitter New York, puis un endroit, à proximité, où le poser. Il est fort probable qu'ils se soient ensuite hâtés de venir au manoir, afin d'y rejoindre leurs compagnons.

— Razan ? s'écrie Arielle, avec espoir.

— Mais tu es folle ? s'emporte Noah. Tu vas nous faire repérer !

— C'est déjà fait, idiot, répond-elle en désignant la lampe électrique du garçon.

— Merde !… souffle Noah en réalisant que sa torche est toujours allumée.

Pour se guider, les deux inconnus n'ont eu qu'à suivre le rayon de lumière.

— Qui êtes-vous ? demande soudain l'un d'entre eux.

Arielle ne reconnaît pas la voix, à sa grande déception ; ce n'est ni celle de Jason ni celle de

Karl Sigmund. L'homme qui a parlé et son compagnon se rapprochent davantage et pénètrent enfin dans le halo lumineux créé par la combinaison des torches tenues par Arielle et Noah. Les deux jeunes gens parviennent enfin à les identifier : le premier homme est Xavier Vanesse. Il est accompagné par l'un de ses chauffeurs. *Celui qui nous a conduits du centre sportif au manoir,* note Arielle. Ce dernier tient une arme automatique à la main et la pointe en direction d'Arielle et de Noah.

— Voilà donc nos petits fouineurs, déclare Xavier Vanesse avec un sourire en coin.

21

Le premier réflexe de Noah devant l'arme est de laisser tomber sa torche et de lever les bras.

Quant à Arielle, elle demeure figée au centre de l'ouverture. Seul le haut de son corps est visible depuis l'endroit où se tiennent Xavier Vanesse et son chauffeur.

— Qu'est-ce que vous faites ici ? leur demande le vieil homme.

— Rien... Rien de mal, monsieur, répond Noah.

— Allez, sortez de là ! ordonne le chauffeur d'une voix autoritaire, tout en pointant son arme en direction du passage circulaire.

Avant de s'exécuter, Arielle jette un rapide coup d'œil par-dessus son épaule. Ael lui fait signe de se taire, de ne pas mentionner sa présence, mais Arielle ne croit pas que ce soit une bonne idée. Autant jouer la carte de l'innocence, et prétendre qu'ils étaient simplement curieux de voir ce qui se cachait derrière cette cloison. D'un geste, elle fait comprendre à Ael qu'il vaut mieux se livrer pour l'instant. Ael, tout en manifestant son mécontentement, se plie néanmoins à sa volonté. Arielle et Brutal sont les premiers à s'extraire du petit atelier. Ils le font en silence, contrairement à Ael qui continue de ronchonner.

— Noah, Arielle et Léa ! lance Xavier, qui les reconnaît enfin. Nom de Dieu, pouvez-vous m'expliquer ce que vous fabriquez ici ! ? Nous vous avons pris pour des cambrioleurs ! Baisse ton arme, William !

Le chauffeur obéit aussitôt à son patron, et range son automatique dans la poche de son veston.

— Et vous ? maugrée Ael en balayant de la main la poussière sur ses vêtements. Depuis quand autorisez-vous vos chauffeurs à porter une arme ? Il aurait pu nous blesser sérieusement, votre copain.

— Nous ne voulions pas vous faire peur, répond le vieux Xavier.

— Eh bien, c'est raté, rétorque Ael.

Noah baisse enfin les bras.

— Qui vous a parlé du passage souterrain ? les interroge le grand-père de Simon.

Noah, encore nerveux, s'empresse de répondre à la question :

— Euh… eh bien, je crois que c'est Simon qui en a parlé une fois et…

— Simon n'est jamais venu ici, le coupe Xavier d'un ton sec, signe qu'il commence à se méfier.

Arielle et Ael fusillent Noah du regard.

— Mon petit-fils n'a aucune idée de l'existence de cet endroit, explique ensuite le vieux Vanesse, qui attend des éclaircissements.

— En fait, intervient Arielle, nous voulions nous cacher. Pour faire une blague à Simon et Emmanuel. En nous faufilant sous l'escalier, nous avons découvert l'entrée du passage secret. Ça a piqué notre curiosité, alors nous avons poursuivi notre exploration. Ce que nous avons découvert là-dedans est plutôt fascinant, dit-elle en désignant innocemment l'atelier. Qu'est-ce que c'est?

Xavier Vanesse conserve le silence, le temps d'évaluer les explications d'Arielle.

— Allez, on retourne tous au rez-de-chaussée, répond-il simplement.

Précédés du vieux Xavier et de son chauffeur, les trois jeunes gens et le chat retournent vers l'autre extrémité du couloir, là où se trouve l'entrée du passage secret débouchant sous les escaliers du grand hall. Lorsqu'elle passe près de Noah, Ael lui donne un solide coup de poing sur l'épaule.

— Tu souhaitais nous faire prendre, pas vrai?

— Qu'est-ce que tu crois, pauvre idiote! ricane le garçon.

Ce sont les seules paroles qui sont échangées pendant tout le reste du trajet. De retour dans le grand hall, Xavier Vanesse et le petit groupe sont vite rejoints par Simon et Emmanuel.

— Mais où étiez-vous passés? demande Simon à Arielle. Et pourquoi nous avoir poussés dans la piscine? Vous vouliez vous débarrasser de nous?

— Et c'est quoi, ce truc de trésor caché?

Xavier se tourne alors vers Arielle. Visiblement, les explications de la jeune fille ne tiennent pas la route. Elle a négligé certains détails, du moins. Était-ce volontaire de sa part ou non?

— Je… J'espérais te faire une surprise, confie Arielle au petit-fils de Xavier, tentant de gagner du temps.

— Une surprise?

— Oui… Enfin, je…

Elle voudrait lui expliquer qu'il y a des trucs appartenant à ses ancêtres, là, en bas, et qu'elle voulait en remonter quelques-uns afin de les lui montrer, mais Noah ne lui en laisse pas le temps.

— Elle ment! s'exclame le garçon, à la surprise de tous. Ne l'écoutez pas! Ce qu'elle veut, c'est vous voler cette épée, celle qui est plantée dans le tronc d'arbre.

— Ma sœur n'est pas une voleuse, riposte aussitôt Emmanuel.

— Elle ne veut rien voler du tout, tente de les rassurer Ael.

— Une épée? fait Simon. Mais quelle épée?

— Et Léa est sa complice! renchérit Noah. Elles souhaitent vendre l'épée pour… pour payer leurs frais de scolarité!

— T'as rien trouvé de mieux? se moque Ael. T'es vraiment une pauvre cloche, Nazar!

— Mais qu'est-ce qui te prend, Davi? lui dit Emmanuel, frémissant de colère. T'es complètement dingue!

Xavier Vanesse se tourne alors vers Arielle et pose sur elle un regard inquisiteur.

— Qu'est-ce que tu as à dire pour ta défense, Arielle ? lui demande le vieil homme. Ces objets appartiennent à notre famille depuis longtemps. L'épée est sertie de rubis, certes, mais pour moi, elle a une valeur beaucoup plus sentimentale que monétaire. L'un de mes ouvriers a découvert cette pièce tout à fait par hasard, en inspectant les fondations, et...

— Arielle ne ferait jamais une telle chose, grand-père, l'interrompt soudain Simon. Je la connais bien et ce n'est pas le genre de fille qui volerait pour payer ses études.

— Explique-moi ce qu'elle faisait là, alors.

C'est à ce moment que résonne le carillon de l'entrée principale. Un domestique en costume trois pièces surgit d'une autre salle et se dépêche d'aller ouvrir.

— Qui ça peut bien être à cette heure ? demande William, le chauffeur.

Arielle tend le cou vers l'entrée, mais de l'endroit où elle se trouve, il lui est difficile de distinguer qui est à la porte. Le domestique a entrouvert le portail et semble discuter avec la personne qui se tient sur la terrasse. Le majordome secoue plusieurs fois la tête, pour montrer son désaccord. Apparemment, il refuse de laisser entrer le nouvel arrivant. Il s'apprête à refermer la porte, mais son interlocuteur ne lui en laisse pas l'occasion et enfonce le battant d'un seul coup de pied. La porte va heurter le domestique qui, sous l'effet du choc, est violemment projeté vers l'arrière. Le pauvre homme tombe lourdement sur le carrelage du hall, et peine à se relever.

Il s'aide de ses mains pour reculer et s'éloigner de l'inconnu, alors que ce dernier fait une entrée pour le moins remarquée dans le manoir :

— On dirait que j'arrive à temps, princesse !

22

Le chauffeur de Xavier dégaine rapidement son arme et la pointe en direction de l'intrus.

Celui-ci avance néanmoins dans le hall sans se soucier du pistolet automatique qui est braqué sur lui. Plutôt grand, il a des cheveux cuivrés, mi-longs, et une barbe de la même couleur.

— Méfiez-vous de ce type, les prévient Noah.

— Toi et ta grande gueule ! vocifère Ael.

— J'ai l'impression de vous connaître, déclare Xavier après avoir toisé l'homme.

— Mon nom est Karl Sigmund, répond ce dernier. Vous connaissez la Volsung ? J'en suis le propriétaire.

— Il ment ! s'écrie aussitôt Noah. Ce n'est pas Sigmund.

— Ah non ? fait le grand homme. Qui suis-je, alors ?

— Tu es Razan !

187

Sigmund prend un air à la fois étonné et amusé.

— Razan ? Quel nom ridicule ! Qui c'est, celui-là ?

— Ne fais pas l'idiot, Razan ! rétorque Noah.

— Pourquoi vous êtes-vous introduit ainsi dans ma demeure ? demande le vieux Vanesse.

— Pardonnez-moi, mais votre majordome ne voulait pas me laisser entrer.

— Il… Il m'a seulement dit de m'écarter et de le laisser passer ! proteste le domestique, qui se relève enfin et court se réfugier auprès de son employeur.

— Je ne vous veux aucun mal, mon cher Xavier, explique Sigmund. Je souhaite simplement vous parler.

— Me parler de quoi ?

— D'un objet que vous avez en votre possession, et que j'aimerais bien acquérir.

— Et quel est cet objet ? demande Xavier Vanesse.

— Une épée, plantée dans un arbre. Ça vous dit quelque chose ?

Après avoir échangé un regard avec son chauffeur, le vieux Vanesse pousse un long soupir, puis revient à Sigmund.

— Ma foi, tout le monde est au courant.

— Vous disposez donc d'une telle épée ? en déduit Sigmund.

— Oui, et je ne cherche pas à m'en débarrasser.

Arielle se demande où Razan veut en venir. Il a sans doute un plan, d'accord, mais croit-il réellement que le vieux Xavier lui confiera Adelring uniquement parce qu'il le lui demande ?

— Nous sommes des hommes d'affaires, Vanesse. Tout se négocie.

— Non, pas tout, répond sèchement Xavier. À présent, j'aimerais que vous quittiez ma maison. Mon chauffeur vous raccompagnera. À moins que je doive appeler la police?

Sigmund secoue la tête tout en souriant.

— Non, ce ne sera pas nécessaire, mon cher Vanesse. Donnez-moi simplement l'épée, et je m'en vais.

— Cette discussion est terminée, énonce Xavier Vanesse, qui considère avoir perdu assez de temps avec cet hurluberlu. William, dit-il ensuite, tu veux bien indiquer la sortie à monsieur Sigmund?

Le chauffeur acquiesce, puis se dirige vers Sigmund en s'assurant que son arme demeure bien en évidence. Mais Sigmund ne semble pas être le genre d'homme à se laisser intimider si facilement.

— Je parie que vous avez tout essayé pour la dégager de l'arbre, mais que rien n'a fonctionné. Je me trompe?

William s'immobilise alors qu'il ne lui reste plus que quelques mètres à franchir avant que Sigmund soit à sa portée. Il est vite rejoint par son patron, qui paraît fort étonné que cet homme soit au fait de leurs problèmes.

— Comment pouvez-vous savoir ça? demande-t-il à Sigmund.

— C'est votre grand-père, Marcelus Vanesse, qui a découvert cette épée en Norvège, révèle Sigmund. Incapable de la retirer de l'arbre, il a fait transporter ce dernier dans sa résidence, ici, en Amérique.

— Je sais tout ça, lance Xavier sur un ton exaspéré. J'ai lu le journal de mon grand-père.

— Cette épée n'a jamais appartenu à Marcelus. Elle est la propriété de ma famille depuis de nombreuses générations. Et il n'y a que moi qui puisse la libérer de l'arbre.

Les prétentions de Sigmund provoquent les rires de Xavier Vanesse et de son chauffeur.

— Quoi, vous prétendez que c'est une espèce d'épée magique ? Et qu'elle ne peut être retirée du tronc que par vous, et vous seul ? Vous confondez avec la légende du roi Arthur, mon cher ami ! Seulement, l'épée d'Arthur n'était pas plantée dans un arbre, mais dans une pierre ! Ha ! ha ! Quel piètre arnaqueur vous faites !

— Je dis la vérité, répond Sigmund. Qu'est-ce que ça vous coûte d'essayer, hein ? Je suis seul, et je ne suis pas armé.

— Ne l'écoutez pas, il vous mène en bateau, intervient Noah. Cet homme est le complice d'Arielle. C'est à lui qu'elle prévoyait revendre l'épée !

— Ça me semble logique, acquiesce Xavier.

— C'est tout à fait ridicule, soutient plutôt Simon, conscient de contredire son grand-père.

— Et ça expliquerait pourquoi il l'a appelée « princesse » tout à l'heure, dit William.

— Ça n'a rien à voir, se défend Sigmund. Je m'adressais à Léa. C'est ma…

Il hésite une seconde.

— Léa est ma nièce, voilà.

— Là, tu pousses un peu, Razan, ricane Noah. Personne ne va te croire.

— J'ai l'impression de faire un mauvais rêve, souffle Emmanuel, las de toutes ces tergiversations. Quelqu'un peut me réveiller?

— Ce fut une rencontre très intéressante, monsieur Sigmund, déclare le vieux Vanesse. Mais il se fait tard et j'ai d'autres problèmes à régler, conclut-il en jetant un regard du côté d'Arielle et de ses petits copains. Si vous ne quittez pas cet endroit sur-le-champ, je contacte la police.

Mais Sigmund ne semble pas avoir dit son dernier mot.

— Vanesse, je vous jure que si vous ne saisissez pas cette chance, jamais vous ne pourrez récupérer l'épée. Jamais. Et sachez que selon certaines versions de la légende, l'épée d'Arthur n'a jamais été retirée d'une pierre; elle lui a été remise par la Dame du Lac!

Un silence s'installe, qui force le vieux Vanesse à réfléchir.

— Je l'ai à l'œil, patron, fait le chauffeur pour rassurer le vieillard. S'il tente quoi que ce soit, je l'expédie à l'hôpital.

— Je ne sais pas, William, je ne sais pas...

— Il a tout de même raison, ajoute le chauffeur, soudain hésitant. On a tout essayé, sans résultat. Ne nous reste que le dynamitage, mais ça risque d'endommager l'épée, comme vous l'avez dit, patron. Si cet idiot pense qu'il peut la dégager de là, pourquoi ne pas tenter le coup?

Un autre silence.

— Très bien, cède finalement Xavier. Mais tu ne le lâches pas d'une semelle, tu m'as bien compris ?

— Non, ne faites pas ça, les supplie Noah. Il va vous jouer un sale tour, c'est garanti !

— Mais qu'est-ce qu'il a, ce garçon ? demande Sigmund. Il est névrosé ou quoi ? Tu as oublié de prendre tes médicaments ce matin, mon grand ?

— Va te faire voir, Razan !

— Razan ?... répète le vieux Vanesse, toujours méfiant. Qu'est-ce que ce nom signifie au juste ? C'est votre surnom d'arnaqueur ?

— Croyez-moi, Vanesse, ce garçon est très malade. Je ne connais aucun Razan.

— Foutaises ! réplique immédiatement Noah.

Un sourire discret naît au coin des lèvres de Sigmund. À la dérobée, il parvient à adresser un clin d'œil complice à Arielle.

23

Ils redescendent tous à la cave, en empruntant une nouvelle fois le passage situé sous le grand escalier.

Mais cette fois, Simon, Emmanuel et Razan les accompagnent. Même Brutal se joint au groupe, sans que personne, à part Arielle, n'y prête attention. William, toujours armé, tient Sigmund en respect au bout de son canon. Plus tôt, le chauffeur avait affirmé qu'il l'enverrait à l'hôpital si jamais il ne se montrait pas coopératif. *Au moins, il n'a pas dit « au cimetière »,* songe Razan. L'homme de main de Xavier Vanesse prévoyait sans doute lui loger une balle dans un membre, plutôt que dans le cœur ou au milieu du crâne. *C'est une sale crapule,* conclut-il, *mais ce n'est pas un tueur.* Avant d'entrer dans le souterrain, Xavier Vanesse procède à la distribution des lampes : il en confie une à William, puis une autre à Simon. Il tend la troisième à Noah, et la quatrième à

Emmanuel. Il en garde une pour lui et replace la dernière dans l'alcôve.

— Vous ne nous faites pas confiance ? lui demande Ael, qui connaît déjà la réponse.

— Je ne suis pas un mauvais homme, Léa, répond Xavier. Vous êtes jeunes, innocents, mais certainement pas à l'abri des erreurs. Seulement, je ne peux pas vous laisser filer avant d'avoir tiré cette situation au clair.

— Noah vous a menti, lui répète Ael, alors que le principal intéressé s'est déjà introduit dans la cave en compagnie des autres hommes. Les intentions d'Arielle n'étaient pas malhonnêtes.

— Peut-être, admet le vieux Vanesse, mais tout ça reste à vérifier.

D'un geste, le grand-père de Simon les prie d'avancer. Ael et Arielle s'exécutent, à contrecœur. Quelques instants plus tard, ils se retrouvent tous devant la pile de débris et le mur de briques.

— On y va ? demande Razan.

— Pour une dernière fois, Xavier, l'implore Noah, ne faites pas ça. Vous allez le regretter !

— On verra, répond le vieux Vanesse.

— Tu entres le premier, ordonne William à Razan en le menaçant toujours de son arme. La pièce est sans issue. Je vais te surveiller de ce côté-ci. Si tu réussis à extraire l'épée de cet arbre, tu me la tends doucement par l'ouverture, compris ?

— C'est on ne peut plus clair, répond Razan.

Ce dernier parvient aisément à se hisser dans l'ouverture, puis traverse de l'autre côté du mur. William ne tarde pas à se rapprocher du passage circulaire. Il n'a pas besoin d'utiliser sa lampe pour éclairer la petite pièce, puisque celle-ci est toujours illuminée par le projecteur sur trépied.

— L'arbre est là, indique le chauffeur tout en s'assurant de bien garder Sigmund en joue. Tu le vois ?

Razan répond par l'affirmative, tout en se dirigeant d'un pas lent vers l'endroit désigné par William.

— On y est, patron ! dit le chauffeur à l'intention du vieux Vanesse.

Xavier acquiesce, puis vient se placer aux côtés de William. Tous les deux auront une vue dégagée sur le spectacle, si spectacle il y a — ce dont ils doutent fort. De l'autre côté du mur de briques, Razan se prépare à retirer l'épée Adelring du tronc d'arbre. Mais avant de procéder, il passe quelques secondes à la contempler : l'épée est plutôt longue, et sa lame est large et brillante. *Un coup en pleine poitrine vous tranche le cœur en deux*, se dit-il. *Instantanément. Oh ! Loki, mon cher Loki ! Tu vas déguster cette fois !* De gros rubis sont enchâssés dans la garde et la poignée de l'épée. *Je me demande s'ils me laisseront la garder après...* Une fois son évaluation terminée, Razan dépose doucement sa main sur la poignée de l'épée. Celle-ci se met immédiatement à briller. La lame est enveloppée d'une étrange lumière jaunâtre, semblable à une aura, tandis que les rubis projettent leur rayonnement multicolore dans tous les coins de la pièce.

— Par tous les saints ! s'exclame William.

Xavier demeure impassible, mais ne peut détacher son regard de l'épée. *Il irradie de cette arme une puissance phénoménale,* constate Razan. Surpris par cette manifestation soudaine, il a le réflexe de reculer, mais sa main demeure tout de même solidement agrippée à la poignée. Après avoir hésité un bref moment, le jeune homme décide qu'il est temps d'en finir et tire sur l'épée, qui se dégage du tronc sans la moindre résistance. Tenue bien haut par la main de Razan, la lame resplendit de tous ses feux. De l'autre côté du mur, Brutal pousse un miaulement exalté pour démontrer sa satisfaction : leur mission a réussi. Il ne leur reste plus qu'à trouver un moyen de quitter le manoir et de retourner dans leur dimension d'origine. Mais de toute leur entreprise, c'est cette partie qui risque d'être la plus ardue.

Razan reste sans mot devant la splendeur de cette arme. Le bras tendu, il fixe l'épée en silence, hypnotisé par sa beauté. Mais en même temps, l'éclat de la lame est si puissant qu'il craint d'être consumé par lui. Le bras tendu, il garde l'arme loin de lui, comme s'il tenait dans sa main un bâton de dynamite.

— Viens par ici ! lui crie William, une main en visière, pour éviter d'être aveuglé par le rayonnement de la lame. Donne-moi l'épée !

Il faut du temps à Razan pour réagir. Après avoir jeté un coup d'œil en direction du chauffeur et de son patron, il s'oblige enfin à faire un pas vers l'ouverture. C'est en arrivant à proximité de cette dernière que l'éclat lumineux de l'épée commence à s'atténuer, comme si la seule présence de William et de Xavier Vanesse la privait de son énergie. En l'espace d'un court instant, les rubis et la lame s'assombrissent jusqu'à reprendre leur aspect normal, et l'épée redevient telle qu'elle était quand elle était encore prisonnière du tronc d'arbre. Une voix s'adresse alors à Razan : « *Ne leur confie surtout pas Adelring* », le supplie-t-elle. Razan a l'impression que la voix provient de l'épée, un peu comme si c'était elle qui avait parlé. Conscient de l'absurdité de la chose, il tente de se raisonner : *Tu commences à perdre la boule, mon vieux, se dit-il. Le surmenage, sans doute.*

— Allez, passe-moi l'épée !

C'est encore William qui a parlé. Sa main droite tient toujours le pistolet automatique, tandis que la gauche est tendue en direction de l'épée. « *Conserve-la avec toi* », insiste la voix à l'intérieur de Razan. Cette fois, le jeune homme ne peut se méprendre : ce n'est pas son esprit qui lui joue des tours. Il y a bien quelqu'un, quelque part, qui communique avec lui par la pensée. *Ce ne peut être que le Tyrmann,* en déduit alors Razan. *Celui qui parle à boule de poils. Son âme est prisonnière d'Adelring.* Si le Tyrmann lui conseille de ne pas remettre l'épée, c'est qu'il doit avoir une bonne raison. Mieux vaut l'écouter.

— Pas question, dit-il pour gagner du temps. Qu'est-ce qui me garantit que vous ne me tuerez pas ensuite ?

— Rien, répond le chauffeur. Mais rien ne garantit non plus que je ne te tuerai pas maintenant.

Alors, que choisis-tu? Tu donnes l'épée, ou je t'envoie une balle entre les deux yeux?

— Tu ne ferais pas ça, rétorque Razan. Pas devant tous ces témoins.

Le chauffeur se met à rire.

— Tu as vu la grosseur de ces rubis? fait-il. Ils valent une fortune. Je serais prêt à tuer pour beaucoup moins que ça.

— Il a raison, intervient Xavier Vanesse, nous ne tuerons personne. Je m'en occupe, ajoute-t-il en passant sa main par l'ouverture. Allez, rendez-la-moi, Sigmund. C'était notre entente, elle m'appartient.

— Je n'ai pas été assez clair tout à l'heure? dit Razan. Cette arme est la propriété de ma famille!

— Et je suppose que nous devons vous croire sur parole? demande Xavier sur un ton arrogant. Désolé de vous décevoir, mon cher Sigmund, mais jusqu'à preuve du contraire, cette épée demeure la propriété des Vanesse.

— Je ne crois pas, non, déclare William en orientant le canon du pistolet vers son patron.

Visiblement, ce dernier ne comprend rien aux intentions de son employé, pas plus que Razan, d'ailleurs, qui paraît tout aussi surpris que le vieux Vanesse. Sans la moindre hésitation, le chauffeur appuie sur la détente et tire à bout portant sur Xavier, l'atteignant en pleine poitrine. À cette distance, il était impossible de le rater. Blessé mortellement, le vieil homme s'écroule sur le sol. Retentit alors le cri du jeune Simon:

— NOOOOOON!

24

Par l'ouverture, Razan aperçoit le petit-fils de Xavier se précipiter sur l'assassin de son grand-père.

Mais William ne laisse pas le temps à Simon d'approcher et use une nouvelle fois de son arme. Un projectile atteint le jeune homme au bas-ventre. Après avoir poussé un cri de douleur, il s'effondre à son tour.

— Foutons le camp d'ici! s'écrie alors Emmanuel.

— Pas si vite! les prévient William en tirant un coup de feu en l'air. Je descends le premier d'entre vous qui essaie de nous fausser compagnie! Et ça vaut aussi pour cette saleté de chat!

Emmanuel éteint alors sa torche et disparaît dans l'obscurité.

— Arielle, éloigne-toi de ce gars! crie-t-il à sa sœur.

— Attends, on ne peut pas laisser Simon ici! proteste Arielle, qui se trouve elle aussi plongée dans les ténèbres.

— Fonce, je te dis ! lui ordonne son frère.

William fait feu à plusieurs reprises dans le couloir, mais sans pouvoir viser. Heureusement, les projectiles n'atteignent personne, ce qui tire un juron au chauffeur. Les seuls qui disposent encore d'une source d'éclairage à présent sont Noah et William. Alors que le chauffeur se retourne vers l'ouverture pour exiger de nouveau que Razan lui donne l'épée, il constate que celui-ci a disparu. Il s'avance vers le passage pour mieux inspecter l'intérieur du petit atelier. Razan surgit alors d'un endroit inaccessible aux regards et lui plante la lame de l'épée dans l'épaule. William émet un grognement plaintif, puis lâche son arme.

D'un bond agile, Razan traverse le mur, puis prend ses jambes à son cou. Épée en main, il fonce vers ce qui semble être une faible lueur, à l'autre bout du couloir, qu'il croit provenir de l'entrée du passage souterrain menant au grand hall. S'il y a un endroit vers lequel Arielle se dirige, ce ne peut être que celui-là. Lorsqu'il entrevoit trois silhouettes se profiler dans la lueur, il sait qu'il a vu juste. Sans doute ont-ils eu la même idée que lui et se sont-ils servis de cette lumière diffuse comme d'un point de repère, à moins qu'ils aient laissé Brutal les guider jusque-là. Quoi qu'il en soit, il pousse encore davantage sur ses jambes et atteint l'entrée du passage quelques instants plus tard. Une fois devant les marches de pierre, il les grimpe quatre à quatre et se retrouve enfin dans le grand hall, en compagnie d'Arielle, Ael et Emmanuel. Brutal est présent lui aussi et ronronne de contentement en voyant que Razan tient toujours l'épée Adelring dans sa main.

Razan s'approche immédiatement d'Arielle. Il est ébloui comme jamais par ses yeux. Qu'elle soit sous sa forme rousse ou alter, Arielle a toujours le même regard envoûtant, à la fois tendre et profond. Razan aimera cette femme pour l'éternité, quelle que soit son apparence ; en cet instant, il en est convaincu plus que jamais. Cette beauté qu'il reconnaît chez Arielle a cependant pour fâcheuse conséquence de lui rappeler son physique ingrat. C'est pourquoi il hésite à l'embrasser sur les lèvres, et pose plutôt un baiser sur son front.

— Salut, ma belle. Ça va, tu n'es pas blessée ?

Arielle lui colle alors un baiser sur la bouche, comme si elle avait deviné ses pensées et souhaitait le rassurer.

— Tout va bien, le rassure-t-elle.

— Je ne sais pas ce que vous en pensez, les amoureux, intervient Ael, mais j'ai l'impression qu'il vaudrait mieux ne pas s'attarder ici.

— Une voiture nous attend dehors, leur dit Razan. Venez tous.

— Il faut penser à Simon, réitère Arielle. Il est peut-être encore vivant.

Razan fouille dans la poche de son veston et en sort un téléphone portable, qu'il lance à Emmanuel :

— Appelle le 911, mon gars, c'est le mieux qu'on puisse faire pour l'instant.

Emmanuel s'active alors qu'ils se dirigent tous vers la sortie du manoir. Ils ont presque atteint la porte quand la voix de William résonne derrière eux :

— Pas si vite !

Arielle et ses compagnons s'arrêtent et se retournent. C'est bien le chauffeur qui a parlé ; il a récupéré son arme. Noah se trouve à ses côtés et l'aide à se déplacer en lui soutenant le bras. Tous les deux avancent lentement vers les fuyards. William, les menaçant de son arme, oblige ces derniers à s'éloigner de la porte, afin de libérer l'ouverture pour Noah et lui. Ils ont bien l'intention de fuir, eux aussi, mais pas avant d'avoir pris possession d'Adelring.

— Rends-moi cette épée ! exige le chauffeur en tendant sa main ouverte vers Razan.

— Que veux-tu en faire ? lui demande ce dernier. La revendre ? Alors, c'est simplement pour une question d'argent que tu as descendu Vanesse et son petit-fils ? T'es une belle pourriture, Willy !

Noah et William ont maintenant le dos tourné à la porte, qui est toujours ouverte. Derrière eux, dans l'entrebâillement, Razan peut apercevoir sa voiture. Elle est garée devant la terrasse, tout près des marches. *Dommage,* se dit Razan. *Nous étions si près du but.*

— Et si je refusais de te la donner ? lance-t-il sur un ton de défi.

— Eh bien, tu irais rejoindre les deux Vanesse au paradis des idiots, rétorque aussitôt le chauffeur en brandissant une fois de plus son pistolet.

— Je ne crains plus la mort, répond Razan avec un sourire.

Noah pose alors sa main sur le bras de William, de façon à orienter doucement l'arme du chauffeur vers Arielle.

— Si tu veux obtenir quelque chose de ce gars, dit Noah à son nouveau partenaire, c'est elle qu'il faut menacer.

— Davidoff, espèce de…

Emmanuel s'apprête à bondir sur Noah, mais est arrêté par Ael.

— Du calme, mon grand. Ne te fais pas trouer la peau pour cet imbécile, il n'en vaut pas le coup.

— Je vois que tu m'apprécies toujours autant, Ael, observe Noah en s'adressant à la jeune Walkyrie.

— Pourquoi il t'a appelée Ael ? demande Emmanuel à la jeune femme.

— Laisse tomber, ce serait trop long à t'expliquer.

— Alors, Sigmund, tu me l'apportes, cette merveille ? demande William. Ne m'oblige pas à tirer sur la jolie demoiselle, tu sais que j'en suis capable !

Razan fait un pas en direction du chauffeur, avec l'intention de lui remettre l'épée. Pas question de mettre en danger la vie de la gamine.

— Bien joué, Nazar, admet Razan à contrecœur. Tu gagnes, cette fois, mais ne te réjouis pas trop vite. La prochaine manche est pour moi.

— Ne fais pas ça ! le supplie Arielle.

— Je n'ai pas vraiment le choix, princesse.

En silence, Razan s'avance vers William. Il se prépare à lui donner l'épée lorsqu'il voit un objet de forme allongée, à l'extrémité recourbée, s'élever derrière la tête du chauffeur. C'est une canne en bois. Après avoir atteint une certaine hauteur, celle-ci s'abat violemment sur le crâne de William. Assommé, il tombe sur ses genoux, puis s'étale par terre, laissant apparaître derrière lui la silhouette d'un vieillard : Jason Thorn.

— La cavalerie est arrivée, lance le fulgur à Razan, d'une voix chevrotante. Pas mal pour un vieux débris, hein ?

Noah se tourne vers le vieux Jason et se fige, surpris par son apparition, mais surtout par son grand âge. Emmanuel en profite pour se précipiter sur Noah et le renverser. Les deux garçons roulent tous les deux sur le sol, mais Emmanuel parvient à se relever le premier et assène un solide crochet du droit à celui qu'il croyait être son ami. Le coup fait perdre conscience à Noah, qui s'affale mollement sur le corps inerte de William.

— On ne traite pas ma sœur de cette façon ! s'exclame-t-il à la face de Noah, même si celui-ci ne peut l'entendre.

— Cow-boy, tu es notre sauveur ! dit Razan en s'avançant vers le vieux Jason et en le prenant dans ses bras.

— Ne serre pas trop, le prévient le fulgur, j'ai les os fragiles.

— Jason, c'est bien toi ? lui demande Arielle en étudiant attentivement ses traits.

— Il est pas mal pour un papi, non ? fait Ael. Hé ! laisses-en un peu pour moi, ajoute-t-elle en écartant Razan.

Elle se trouve enfin devant Jason. Elle le reconnaît sans peine, malgré les rides qui creusent son visage. Souriante, elle prend les joues de son amoureux entre ses mains et applique un doux baiser sur ses lèvres.

— Je suis rassurée, lui confie-t-elle à l'oreille, tu vas bien vieillir !

— Tu vois toujours le bon côté des choses, ma chérie, répond Jason avec un brin de sarcasme.

Razan se tourne alors vers Emmanuel.

— Tu as réussi à contacter les policiers ?

— Non, pas encore, répond le jeune homme en baissant les yeux sur le téléphone portable qu'il tient toujours à la main.

— Fais-le maintenant.

— Oui, monsieur Sigmund.

— Tu peux m'appeler Razan, ou Tom, si tu préfères.

— D'accord… Tom.

Arielle se rapproche de son frère et pose sur lui un regard tendre et affectueux.

— Tu es vraiment super comme frère, le savais-tu ?

— Tu viens seulement de t'en rendre compte ? répond Emmanuel, à la blague.

Il y a tant de choses qu'Arielle aimerait lui dire, tant de choses qu'elle voudrait connaître sur lui. Avoir un frère lui a plu, même si ça n'a été que pour quelques heures. Pourquoi l'Emmanuel de Midgard ne ressemble-t-il pas au garçon qui se tient devant elle en ce moment ? Pourquoi n'assume-t-il pas son rôle de frère aussi bien que l'a fait son double aujourd'hui ? La raison en est fort simple : l'Emmanuel de ce monde-ci a vécu une existence relativement normale. Il n'a jamais subi de traumatisme majeur dans sa jeunesse ; il n'a jamais été abandonné par sa mère, n'a jamais été éduqué par une nécromancienne assoiffée de vengeance, n'a jamais vécu auprès de serviteurs kobolds et d'elfes noirs. Voilà pourquoi il s'en est beaucoup mieux sorti que son jumeau de Midgard. La jeune femme se surprend soudain à ressentir de la pitié pour Mastermyr. *Il n'a pas eu une vie facile, comparée à la mienne et à celle de bien d'autres,* se dit-elle. *Quelqu'un l'a-t-il seulement aimé ?*

— Je dois partir, dit-elle simplement à Emmanuel. Avec Razan et tous les autres. Tu veux bien attendre les policiers ici et leur expliquer ce qui s'est passé ?

— Je préférerais t'accompagner, sœurette. Maman va me tuer si elle apprend que je t'ai laissée filer avec ce gars, Razan. Tu lui fais vraiment confiance, à ce type ?

Arielle acquiesce avec le sourire.

— Plus qu'à quiconque.

— Et où irez-vous ?

— Quelque part où tu ne peux pas venir.

— Tu m'inquiètes, Arielle.

— Non, il ne le faut surtout pas. Ces gens sont…

Elle s'arrête un instant pour regarder tour à tour Razan, Ael, Jason et Brutal.

— Ils sont mes amis, tu comprends ?

Tous les quatre se rassemblent autour de la jeune élue, pour appuyer ses dires.

— Tu n'es pas vraiment ma sœur, n'est-ce pas ? demande alors Emmanuel.

Le jeune homme n'est pas idiot; il ne comprend pas tout, mais se doute bien que quelque chose ne va pas chez Arielle. Elle a beaucoup changé. Beaucoup trop changé.

— Une partie de moi l'est. Alors, tu vas rester?

Emmanuel fait signe que oui. Pendant ce temps, Ael aide Razan à soulever Noah, qui est toujours inconscient. Ils doivent le ramener avec eux.

— Dois-je te souhaiter bonne chance? demande Emmanuel à Arielle.

— Pense plutôt à moi, lui dit-elle avec un sourire, ce sera suffisant.

— Et ma sœur, la vraie, je la retrouverai bientôt?

— Elle sera avec toi dès demain.

Arielle embrasse son frère jumeau sur la joue, puis se joint aux autres, qui se sont déjà rassemblés sur la terrasse du manoir. Razan porte Noah sur son épaule. Afin d'y parvenir, il a dû confier l'épée Adelring à Ael.

— Prête? demande Razan à la jeune élue.

Arielle répond par l'affirmative, puis ajoute:

— Rentrons chez nous.

25

Après avoir enfermé Noah dans le coffre de la voiture, Razan retourne à l'avant du véhicule et se glisse derrière le volant.

Ael, Arielle et Brutal prennent place sur la banquette arrière. Le siège du passager, plus confortable, est quant à lui réservé au vieux Jason, pour des raisons évidentes.

— Tu crois que c'est prudent de l'avoir installé là ? demande Jason avec sa voix rauque de vieillard.

— Tu parles de Noah ? fait Razan. L'important, c'est qu'il ne manque pas d'air. Pour le reste, on s'en fout.

— Qu'il se fasse secouer un peu, ricane Ael. Ça lui remettra de l'ordre dans les idées !

Razan fait démarrer le moteur de la voiture, et ils ont tôt fait de quitter l'esplanade du manoir Bombyx. Ils se retrouvent enfin sur le chemin Gleason, mais plutôt que de retourner à Belle-de-Jour, ils bifurquent vers une autre route et prennent la direction de Noire-Vallée.

— Mon jet privé nous attend là-bas, dit Razan sur un ton pompeux.

Une fois arrivés à l'école de parachutisme Sigmund & Cardin, ils abandonnent la voiture et se dirigent tous vers la piste, heureux d'y trouver l'avion. Les moteurs sont déjà en marche. Razan requiert l'aide du pilote pour transporter Noah à l'intérieur de l'appareil et s'assure que le plein d'essence a été fait. Une fois que tout le monde est à bord, et bien installé, Razan rejoint le pilote et le copilote dans la cabine et leur confie les coordonnées de retour, lesquelles sont inscrites sur un bout de papier :

LONGITUDE 23°23'23"O
LATITUDE 23°23'23"N.

Cette requête inhabituelle ne manque pas de surprendre les deux employés de Karl Sigmund.

— Vous êtes vraiment sérieux, monsieur ? demande le pilote en réexaminant les coordonnées sur le papier afin de s'assurer qu'il a bien lu.

— Ne pose pas de questions, lui ordonne Razan. Je te demande simplement de nous conduire là-bas. Une fois ce point passé, tu iras te poser à l'aéroport de Casablanca, pour y refaire le plein.

— C'est vous le patron.

— Et ne soyez pas surpris si mes amis et moi éprouvons de légers problèmes de mémoire après le voyage. Allez, on décolle !

La cabine réservée aux passagers est plutôt luxueuse. On y trouve une table de conférence, un bar, deux téléviseurs à écran plat et des ordinateurs portables. À l'avant, il y a même une cuisinette, et à l'arrière, une salle de bains, ainsi qu'une chambre à coucher. Les sièges sont de gros fauteuils rembourrés. L'un d'eux, de la taille d'un canapé, est disposé parallèlement à la paroi de la cabine. Noah y est étendu. Il n'a pas rouvert les yeux depuis leur départ du manoir. À ses côtés se tient Brutal, qui s'est visiblement attribué le rôle de sentinelle : le chat surveille le garçon en permanence, comme s'il redoutait un sale coup de sa part.

En revenant du poste de pilotage, Razan reprend Adelring des mains de la jeune Walkyrie, puis choisit une place près d'Arielle. Tous deux examinent ensemble l'épée.

— Elle est magnifique, dit Arielle.

— L'épée d'un roi, renchérit Razan.

— Comment ferons-nous pour la rapporter avec nous ? demande Arielle.

Razan ne semble pas comprendre.

— Que veux-tu dire, princesse ?

— Si j'ai bien compris, ce sont uniquement les esprits qui voyagent entre les dimensions. La matière, elle, ne le peut pas. À moins que je me trompe...

Razan prend quelques secondes pour réfléchir.

— Non, tu as raison, déclare-t-il finalement. Ça va nous causer un problème.

— Peut-être que Brutal sait comment faire, dit Arielle en jetant un coup d'œil à l'animal. Mais je ne suis pas certaine que sous cette forme, il arrivera à nous l'expliquer.

— J'ai une autre idée.

Razan dépose sa main sur la poignée de l'épée.

— Qu'est-ce que tu fais?

— Le Tyrmann m'a parlé un peu plus tôt, lui révèle Razan. Je me dis que si je lui pose une question, il me répondra peut-être.

— Ça vaut le coup d'essayer.

— Ô, épée! Belle épée! s'exclame alors Razan. Dis-moi, dis-moi qui est le plus beau?

— Arrête de faire l'idiot! lui lance Arielle en accompagnant sa remontrance d'un coup de coude.

Razan s'y reprend, mais avec sérieux cette fois.

— Parle-moi, Tyrmann. Comment faire pour rapporter cette épée avec nous?

Il patiente quelques instants, mais rien ne se passe. La lame et les rubis demeurent ternes; ils ne s'illuminent pas comme ils l'ont fait plus tôt dans la cave du manoir. Aucune voix ne s'adresse à Razan. Le jeune homme s'apprête à reformuler sa question lorsque le silence est soudain rompu par un miaulement excédé de Brutal. Le chat veut leur dire quelque chose. Il tourne sa petite tête poilue en direction de Noah, puis revient vers Arielle et Razan. Il répète ce mouvement quatre ou cinq fois, sous les regards intrigués de sa maîtresse et de son compagnon.

— Noah? fait Arielle au bout d'un moment. C'est Noah qui se chargera de rapporter l'épée?

Brutal pousse un second miaulement, plus détendu que le premier. Arielle a l'impression que l'animal a hoché la tête de manière affirmative.

— Pas question de confier Adelring à cet imbécile, objecte fermement Razan. Trop risqué.

Arielle est du même avis.

— Ça me paraît peu logique, en effet. Mais si c'était la seule façon?

— Attendons de voir ce qui se passera lorsque nous aurons atteint les coordonnées, propose Razan. Il nous faudra encore quelques heures pour y arriver. Je suis convaincu que le Tyrmann se manifestera d'ici là. En attendant, ma belle, tu dois te reposer. Appuie ta tête ici, dit-il en lui indiquant le creux de son épaule.

Arielle accepte l'offre de Razan avec gratitude, mais avant de répondre à son invitation, elle prend soin de l'embrasser tendrement sur les lèvres.

— Tu m'as manqué, lui dit-elle en déposant finalement sa tête contre son épaule.

— Pas autant qu'à moi, répond Razan en prenant sa main dans la sienne.

— Je croyais t'avoir perdu pour toujours. Ne me refais plus jamais un coup pareil.

— Je serai toujours là, je te l'ai promis. Même si tu choisis Kalev.

— Kalev? fait Arielle en relevant la tête. Mais tu es fou? Comment veux-tu que je choisisse Kalev? C'est toi que j'aime.

— Arielle…

Mais la jeune femme ne lui laisse pas le temps d'argumenter.

— Déjà, quand j'ai connu Noah, c'est toi que j'aimais à travers lui. Et ça n'a toujours été que toi. Je n'ai jamais eu de réels sentiments pour qui que ce soit d'autre. Pas même pour Simon, et encore moins pour Kalev. C'est toi, Razan, tu comprends? Tu es le seul, et tu le demeureras à jamais.

— Lors de ton premier voyage dans l'Helheim, ne te souviens-tu pas de la façon dont je t'ai traitée? Comment peut-on aimer un homme qui se conduit de manière aussi cruelle?

— Tu étais différent alors. Deux autres personnes partageaient ton corps et ton esprit: Noah et Kalev. Toute cette haine, ce mépris, ils te venaient d'eux.

— N'en sois pas si certaine, Arielle. J'ai aussi ma part d'ombre. Je déteste encore les humains, tu sais…

— Mais tu es humain, toi aussi, non?

— Je ne suis rien du tout. À peine un résidu de souvenir. Je n'ai ni corps ni esprit.

— Ne dis pas ça! le gronde aussitôt Arielle. Tu es Tom Razan, l'homme que j'aime.

— L'amour n'est pas suffisant.

— Tu te trompes!

— Il est écrit que tu finiras avec Kalev. Alors si l'amour importe réellement, tu tomberas forcément amoureuse de lui, non?

— Jamais. Absalona a dit que si je faisais les bons choix, c'est Kalev que je finirais par choisir.

— Tu vois?

— Attends, ce n'est pas tout, poursuit Arielle. Ma grand-mère, Abigaël, a dit que l'homme qui me rendrait heureuse serait non seulement l'élu de la prophétie, mais également l'élu de mon cœur. Et c'est toi, Razan, l'élu de mon cœur. Personne d'autre.

— Tu ne comprends pas, Arielle, réplique le garçon. Pour sauver le monde, tu dois faire l'amour avec Kalev.

— Quoi?

— Laisse-moi finir. Les médaillons que nous avons réunis, ceux que nous pensions être les demi-lunes, n'ont servi en fait qu'à ouvrir un passage pour Loki.

— Je sais déjà tout ça.

— D'accord, mais les vrais médaillons demi-lunes, ceux qui doivent libérer la Terre des alters, existent réellement, Arielle. Ce ne sont pas des médaillons, en vérité, mais des êtres humains: Kalev et toi. Et le jour où…

Il hésite à poursuivre.

— Le jour où vous vous unirez, je crois que ce sera la fin de toute cette histoire.

Arielle secoue la tête en silence.

— Non, c'est impossible…, finit-elle par dire. Razan, tu sais que ça ne peut pas être vrai. Je ne ferai jamais l'amour avec Kalev. Et puis, de toute façon, le sort du monde ne peut pas dépendre uniquement de deux personnes.

— Absalona l'a dit: tu dois faire le bon choix.

— Mais Kalev n'est pas le bon choix! proteste Arielle.

— Pour l'humanité, oui, ça l'est.

26

*Blottie entre les bras de Razan,
Arielle est sur le point de
s'endormir.*

Sa dernière conversation avec lui l'a boulever-
sée, et c'est sans doute pour cette raison que la jeune
femme tarde à trouver le sommeil. Le garçon est si
convaincu qu'elle finira par choisir Kalev qu'il a
presque réussi à la mettre en colère. *Et s'il avait raison?* se demande-t-elle maintenant. *Si, par ce choix,
je réussissais à sauver des milliards de vies humaines?
Non, ce serait beaucoup trop simple. La seule union
d'un homme et d'une femme ne peut sauver l'humanité tout entière. Si c'était le cas, et que Kalev et moi
représentions réellement une telle menace pour lui, il y
a longtemps que Loki nous aurait fait tuer.*

— Mais tu es sa fille, ne l'oublie pas, mère,
déclare soudain une voix.

Arielle ouvre les yeux, et constate qu'elle est
maintenant seule dans l'avion. Razan, Brutal et
tous les autres ont disparu.

— Qui a parlé? demande-t-elle.

— C'est nous, mère.

Trois jeunes filles sortent alors de la chambre à coucher située à l'arrière de la cabine. Elles ont toutes plus ou moins la même apparence : grandes, minces, les cheveux noirs, le teint laiteux. Et toutes les trois sont magnifiques. *Des sœurs, sans l'ombre d'un doute,* se dit Arielle.

— Trois sœurs de la lignée Queen, confirment-elles d'une même voix.

— Je me suis finalement endormie, dit Arielle pour elle-même. Et tout ça, ce n'est qu'un rêve…

Les trois filles acquiescent, tout en répétant ses paroles :

— Ce n'est qu'un rêve, mère.

— Qui êtes-vous? Et pourquoi m'appelez-vous mère?

— Parce que nous sommes tes enfants, répondent-elles en s'approchant.

Arielle les observe plus attentivement, cette fois, et doit reconnaître que les traits des trois jeunes filles ressemblent beaucoup aux siens.

— Vous… Vous êtes mes filles?

— Annazelle, Laguaëlle et Ingwel, se nomment-elles à tour de rôle.

— Ces noms me disent quelque chose…, souffle Arielle.

— Ils font référence aux lettres runiques Mannaz, Laguz et Ingwaz, expliquent les jeunes filles. Nous sommes les trois enfants sacrifiés, maman, ceux qui verront le jour, mais ne survivront pas. À moins que…

Elles s'arrêtent au même moment, puis échangent des regards incertains.

— Vous ne survivrez pas ? Mais qu'entendez-vous par là ? Continuez, les supplie Arielle.

— Nous ne survivrons pas, mère, répètent les jeunes filles. À moins que tu remportes la guerre contre Loki avant notre naissance.

Arielle fait non de la tête.

— Je ne comprends pas…

— Angerboda et ses deux fils seront retrouvés lorsque surviendra la révélation du traître, déclare l'une des filles, citant le livre d'Amon. Les forces de l'ombre se joindront alors à l'Elfe de fer, le premier et le dernier elfe à fouler le sol de Midgard.

— L'enclos humain sera divisé en dix-neuf territoires où régneront terreur et cruauté, poursuit une autre. Ainsi seront-ils désignés : Fehland, Urland, Thursland, Ossland, Reidhland, Kaunland, Giptland, Vendland, Hagalland, Naudhrland, Issland, Arland, Yorland, Peordland, Algizland, Sunland, Tyrland, Bjarkanland et Iorland.

— Tout ça est en train de se produire, leur dit Arielle. En ce moment même !

— Vautours, panthères et loups protégeront de la plèbe humaine les dix-neuf sœurs souveraines qui gouverneront ces territoires, poursuit la première jeune fille, sans s'occuper d'Arielle. Mais un jour, les sauveurs revenus de l'Helheim libéreront les hommes du joug des tyrans. Le prince en exil vaincra alors l'Usurpateur et reprendra ses droits sur le royaume. Il occupera enfin le trône de son père et entreprendra son règne sur Midgard après que la lune aura de nouveau fait place au soleil dans le ciel.

— La victoire des forces de la lumière sera totale après le passage des trois Sacrifiés, enchaîne la troisième sœur, lorsque les deux élus ne feront plus qu'un. Le papillon quittera alors sa chrysalide, déploiera ses ailes et prendra son envol. On suivra son voyage tranquille dans tout le royaume. Accompagné d'Odhal, il guidera les hommes vers le sanctuaire légué par les dieux, là où chaque question trouvera enfin sa réponse...

— Qu'est-ce que vous essayez de me dire? leur demande Arielle, troublée. Qu'il est possible d'aller à l'encontre de la prophétie d'Amon?

— Oui, c'est possible, mère, répondent-elles en chœur.

— Que dois-je faire alors pour être certaine que vous surviviez? Assurer la victoire des forces de la lumière *avant* le passage des trois Sacrifiés?

Une fois de plus, elles hochent la tête.

— Dans le cas contraire, Loki ne nous laissera pas vivre, maman, explique l'une d'entre elles. Nous mourrons, toutes les trois, peu après notre naissance. Il n'y a que Dagaz que tu réussiras à sauver en 2014, grâce au capitaine Morgan et à son navire, le *Caribbean Queen*. Morgan vous conduira, papa et toi, au seul endroit où les dieux peuvent encore exercer leur pouvoir. Cachée dans une malle, Dagaz sera frappée par un éclair de résurrection lancé par Tyr, et renaîtra grâce à lui. Ainsi sera évitée la mort du quatrième Sacrifié. Ce sera le cadeau du dieu Tyr à l'humanité : un cadeau né de l'amour. Du vôtre, celui de papa et toi.

— Qui est votre père ?

Après avoir baissé les yeux, les trois jeunes filles déclarent à l'unisson :

— Le prince Kalev de Mannaheim.

***

Arielle s'éveille en sursaut. Razan se trouve encore près d'elle.

— Tu as fait un mauvais rêve ? s'enquiert-il.

— Ça m'en a tout l'air, répond Arielle, encore sous le choc.

— Tu veux m'en parler ?

— Euh, non, ça va…

Arielle juge préférable de ne rien lui dire. Quel bien cela pourrait-il faire à Razan d'apprendre que le futur père de ses enfants est Kalev ? *Ce n'était qu'un rêve, après tout,* tente de se convaincre la jeune fille. Mais qu'il s'agisse d'un rêve ou non, Arielle demeure consciente que ce genre de manifestation a pris une importance cruciale dans sa vie depuis le début de son aventure. Des informations capitales lui ont été dévoilées ainsi, par des songes. Les renseignements transmis par les trois jeunes filles sont à prendre en considération, certes, mais doit-elle s'y fier pour mener sa vie ? Non, elle ne le croit pas. Et qui sait, ce rêve n'était peut-être qu'une mise en scène ? Un piège tendu par quelqu'un qui cherche à la manipuler en jouant avec son esprit ? Une partie de la déesse Hel subsiste toujours à l'intérieur d'elle, Arielle le sent bien. Si c'est vrai, qu'est-ce qui empêcherait la mégère de s'amuser avec elle, de lui faire voir ou entendre des choses qui ne sont pas réelles?

Alors qu'elle change de position sur son siège, Razan lui propose un verre d'eau.

— Non, merci, répond-elle simplement.

Le regard de la jeune femme se porte alors sur Noah, qui commence à bouger. Le mouvement brusque du garçon provoque un miaulement alarmé chez Brutal. Au même moment, le pilote fait son entrée dans la cabine et annonce aux passagers qu'ils atteindront bientôt les coordonnées transmises par Razan.

— Dommage, fait soudain Noah en se relevant.

Du revers de la main, il pousse Brutal loin de lui. Le pauvre chat va heurter la paroi opposée, puis émet un couinement plaintif et retombe, inerte, sur le tapis orange de la cabine.

— Espèce de…

Mais Noah ne laisse pas le temps à Arielle de finir sa phrase. Il pointe sur elle le pistolet automatique ayant appartenu à William, le chauffeur de Xavier Vanesse. Sans doute l'a-t-il ramassé à l'insu de tous, alors qu'il se trouvait étendu sur le corps de l'homme. Il était donc éveillé depuis tout ce temps. *Il nous a bien eus, ce salaud,* songe Arielle.

— Donne-moi l'épée, Razan, exige Noah.

27

*Bien que Noah s'adresse à Razan,
son arme demeure toujours pointée
sur Arielle.*

Le pilote tente de regagner le poste de pilotage, mais Noah l'en empêche.

— Très mauvaise idée, mon gars, lui dit-il.

Le pilote s'immobilise. On voit très bien, à son air, qu'il préférerait se trouver à des kilomètres de là. Sur la terre ferme, si possible.

— Combien de temps avant d'atteindre les coordonnées? lui demande Razan.

— Moins d'une minute, monsieur, répond-il avec une nervosité évidente.

— Donne-moi cette épée, Razan, répète Noah, sinon…

— Sinon quoi? fait Razan.

— Sinon… je tue Arielle.

— C'est toi que je vais tuer! le menace alors Ael, qui se prépare à quitter son fauteuil et à bondir sur Noah.

— Au moindre mouvement, je tire, la prévient ce dernier.

Jason pose une de ses mains ridées et noueuses sur celle de sa compagne pour l'inciter à se calmer. Razan profite de ce bref moment de distraction pour resserrer sa prise autour d'Adelring, en espérant que le Tyrmann lui fera bientôt signe. Il est soulagé lorsque l'âme de Silver Dalton s'adresse enfin à lui. Ses paroles sont plutôt brèves, mais suffisamment claires pour que Razan comprenne ce qu'on attend de lui. « *Il existe un seul moyen de rapporter Adelring avec vous*, lui révèle le Tyrmann. *Elle doit être plantée dans le cœur d'un voyageur.* »

— J'aime bien cette idée, déclare Razan tout haut.

— Qu'est-ce que tu as dit ? demande Noah, dont l'arme se fait toujours aussi menaçante.

— Tu la veux, cette foutue épée ? fait Razan. Eh bien, la voilà !

Il soulève Adelring et la projette de toutes ses forces en direction de Noah, comme s'il s'agissait d'une lance. L'épée pénètre le corps du jeune homme à la hauteur de la poitrine et s'y enfonce jusqu'à la garde. Une partie de la lame, tachée de sang, ressort dans son dos, entre ses deux omoplates. Pendant quelques secondes, Noah demeure immobile, sans comprendre ce qui vient de lui arriver. Il baisse les yeux vers l'épée, puis les relève lentement. Silencieux jusque-là, il finit par émettre un hoquet guttural. Du sang épais et foncé s'écoule ensuite de sa bouche. Ses yeux se révulsent au moment où il laisse tomber le pistolet. N'ayant plus la force de le soutenir, ses jambes cèdent sous lui et Noah s'écrase sur le sol, mort.

Ne laissant à personne le temps de s'émouvoir, Razan interpelle le pilote:

— Nous y sommes?

L'homme ouvre la porte du poste de pilotage et demande au copilote de le renseigner.

— Cinq secondes, monsieur.

— Vous savez tous ce que vous avez à faire? demande Razan à ses compagnons.

Les passagers acquiescent, puis ferment les yeux.

— Merci de votre visite, et revenez nous voir! s'exclame Razan au moment où ils franchissent la position géographique correspondant à leur fenêtre de retour.

***

Devant Hati, sur le tableau de bord apparaissent les coordonnées: Longitude 23°23'23"O - Latitude 23°23'23"N. Lorsqu'elle se retourne vers Razan, celui-ci ne bouge pas.

— Capitaine? fait-elle à son intention.

Pas de réponse. Elle jette ensuite un coup d'œil par-dessus son épaule, en direction de la cabine. Les passagers sont tous affalés sur leur siège. Les yeux fermés, la bouche ouverte, ils ont l'air morts. Les traits de leurs visages sont détendus à outrance, comme si tous leurs muscles s'étaient relâchés, comme si le souffle de vie qui les animait quelques secondes auparavant s'était… envolé. Mais quelque chose cloche. Brutal lui a pourtant affirmé qu'ils seraient tous de retour dès que les coordonnées seraient franchies. Pourquoi ne se passe-t-il rien alors? « Pour toi, ce sera comme si nous n'avions jamais quitté l'appareil », avait insisté Brutal.

— Eh bien, vous l'avez définitivement quitté, l'appareil, déclare Hati pour elle-même. Mais apparemment, vous n'avez pas trouvé le moyen d'y revenir !

— Tu te trompes, chérie, lance une voix à ses côtés.

La jeune alter est soulagée de constater que Razan a enfin rouvert les yeux. Elle reporte son attention sur la cabine et voit que tous les autres passagers se sont éveillés eux aussi. Tous, à part Noah Davidoff et Brutal. Dans le cas de Noah, Hati comprend rapidement pourquoi : la poitrine du jeune homme est transpercée d'une épée. Il n'aurait jamais pu survivre à ça. À cette hauteur, la lame a traversé le cœur de part en part, c'est certain. Voyant son trouble, Razan croit nécessaire de fournir des explications à la jeune femme.

— C'était la seule façon. Autrement, il nous fallait dire au revoir à Adelring.

Razan défait sa ceinture et s'empresse d'aller retrouver Arielle, à l'arrière.

— Tout va bien ?

— Oui, enfin, je crois. Noah est mort ?

— Oui, répond Razan. Écoute, je suis désolé si…

— J'ai entendu ce que tu as dit à Hati, le coupe Arielle. Tu as fait le bon choix, ne t'excuse pas. Ce garçon qui est mort n'avait plus rien du Noah que nous avons connu.

— Il devait mourir, soutient Ael. Il représentait une menace pour nous tous.

— Tu as fait d'une pierre deux coups, renchérit Jason, qui semble particulièrement heureux d'avoir réintégré son jeune corps de chevalier fulgur.

— Il a fait d'une pierre trois coups, le corrige Brutal, qui vient à peine d'ouvrir les yeux. Ma maîtresse est veuve, à présent!

Arielle et Razan ne peuvent s'empêcher d'échanger un regard, puis un sourire.

— Alors, boule de poils, lui demande Razan, pas trop sonné?

— Noah m'a brisé deux pattes et trois côtes en m'envoyant valser contre la paroi de ton jet, répond l'animalter. Heureusement que nous avons vite retrouvé nos corps. Je n'aurais pas survécu très longtemps dans un état pareil. Mais dis-moi, Razan, comment as-tu su pour l'épée?

— C'est le Tyrmann qui m'a expliqué. L'un de nous devait se porter volontaire pour la transporter jusqu'ici. J'ai décidé que ce serait Noah.

— Je ne sens plus sa présence depuis que nous sommes de retour, observe Brutal.

— Normal, rétorque Jason. Il a une lame de deux mètres plantée en plein cœur!

— Je ne parle pas de Noah, mais de Silver Dalton. Je n'entends plus sa voix. Il ne m'habite plus, il m'a… quitté.

— C'est de bon augure, dit Ael. Ça signifie que nous avons réussi notre mission.

La voix de Hati leur provient de l'avant du *Nocturnus*.

— Je ne voudrais pas gâcher vos retrouvailles, les enfants, leur dit-elle, mais il va nous falloir trouver un endroit où atterrir. Quelqu'un a une idée ?

— Je connais un endroit sûr, dit Ael. Une clairière, dans la forêt de Brocéliande.

— C'est en Bretagne, non ? fait Brutal.

— Oui, tout près de la fosse nécrophage d'Orfraie. Enfin, de ce qu'il en reste.

28

*Pendant le voyage, Razan s'occupe
de retirer Adelring du corps de
Noah et de la nettoyer.*

Le *Nocturnus* survole la forêt de Brocéliande,
en Bretagne, puis se pose tout en douceur dans la
clairière indiquée par Ael. Une fois les moteurs
éteints, tous les passagers descendent de l'appareil. Ils décident d'enterrer la dépouille de Noah
près de la fontaine de Barenton, à quelques mètres
de la clairière.

— Quelqu'un veut dire quelque chose ? propose Jason, alors que la dernière pelletée de terre
est jetée sur le corps de Tomasse Thornando, à
l'intérieur duquel Noah a vécu, puis est mort.

Personne ne parle. Au bout d'un moment,
Arielle fait un pas en avant, pour se démarquer
des autres. Elle avance lentement jusqu'à l'endroit
où repose Noah, puis s'agenouille et pose une
main sur la terre humide qui recouvre le
cadavre.

— « Ne pouvant corriger sa folie, il tentait de lui donner l'apparence de la raison », déclame-t-elle.

— C'est une citation ? fait Brutal à l'oreille de Jason.

Le jeune fulgur acquiesce :

— Alfred de Musset.

— Quelqu'un d'autre ? demande Arielle en se relevant.

Ils secouent tous la tête en silence, à part Razan. Ce dernier tend une main à Arielle, invitant ainsi la jeune femme à venir le retrouver. Après avoir embrassé sa compagne et l'avoir serrée dans ses bras, Razan se résout enfin à faire ses adieux à Noah.

— Au revoir, Nazar Ivanovitch Davidoff. Tu étais à la fois mon frère... et mon ennemi.

Encore une fois, le silence. Ils se recueillent tous pendant un moment, jusqu'à ce que Jason décide enfin de rompre les rangs et de prendre la parole :

— Vous saviez que c'est ici, devant la fontaine de Barenton, que Merlin a rencontré la Dame du Lac ?

— La Dame du Lac..., répète Hati, l'air songeur. C'est bien la mère de Lancelot du Lac, le chevalier à la charrette, n'est-ce pas ?

Jason approuve du chef.

— C'est aussi celle qui a remis l'épée Excalibur au roi Arthur.

— En parlant d'épée, où se trouve Adelring à présent ? demande Arielle.

— Dans le *Nocturnus*, là où je l'ai laissée, répond Razan.

— Quelqu'un a vu Ael ? s'inquiète soudain Jason. Elle était avec nous il n'y a pas longtemps encore et…

C'est à cet instant précis qu'ils entendent vrombir les turboréacteurs du *Nocturnus*.

— Non, c'est pas possible…, souffle Jason. Elle n'oserait tout de même pas…

— Bien sûr qu'elle oserait ! rétorque Razan, furieux, en réalisant qu'Ael est en train de leur fausser compagnie. Elle va se tirer d'ici avec le *Nocturnus* et Adelring pour les livrer à Kalev ! Vite, il faut la rattraper !

Arielle, Jason et Brutal s'élancent en direction de la clairière, tandis que Razan est retenu au dernier moment par Hati.

— Il est trop tard, capitaine Razan, lui dit-elle, la main solidement agrippée à son bras. Une fois les moteurs enclenchés, ils ne pourront pas arrêter l'appareil. Si ça se trouve, il a déjà quitté le sol.

Razan s'arrache à sa prise.

— Tu étais au courant, pas vrai ? Tu savais qu'elle allait tenter un coup pareil !

— Absolument pas, répond Hati. Mais je dois t'avouer que j'apprécie l'initiative. Si cette épée doit réellement servir à tuer Loki, autant qu'elle demeure entre de bonnes mains.

— Et ces bonnes mains, ce sont celles de Kalev, je parie ?

— Il dispose d'une cachette et d'une armée de chevaliers fulgurs, ce que tes amis et toi n'avez pas. Adelring sera beaucoup plus en sécurité avec lui qu'avec ta petite bande de superhéros en mal d'aventure.

— Quelle idiote tu fais! Mais te rends-tu compte de ce que tu dis? Kalev veut tous nous tuer. Cette épée, c'était la seule chance que nous avions de négocier avec lui et…

Hati ne le laisse pas terminer. Elle attrape Razan par le col de son manteau et l'attire sauvagement à elle. Leurs deux bouches se soudent l'une à l'autre et tous les deux s'embrassent avec passion. Une passion contre laquelle Razan est incapable de lutter. C'est comme si ce baiser permettait à la jeune alter de contrôler son corps et son esprit. *Ne fais pas ça, Hati!* supplie Razan. *Tu vas tout gâcher! Libère-moi!* Il entend alors le rire de Hati résonner en lui; un rire triomphant. Puis vient sa voix: « *Relaxe, mon ami*, lui dit-elle, *et profitons de ce moment d'intimité. Ils sont si rares. Je sais que tu en as envie autant que moi!* » Razan tente de se débattre, d'échapper à la domination de cette femme, mais n'y parvient pas. *Je ne t'aime pas, Hati. J'aime Arielle. Je n'ai toujours aimé qu'Arielle. Tu n'as pas le droit de me faire ça!* De nouveau retentit le rire de la jeune alter: « *Je suis plus forte que toi, Razan. Et n'oublie pas que je suis toujours une alter. Par ce simple baiser, je peux modifier tes souvenirs, ou même les effacer complètement si le cœur m'en dit. Que dirais-tu d'oublier Arielle Queen, hein? Ça me laisserait toute la place, non? Toi et moi, amoureux pour toujours, ça ne te plairait pas?* »

Razan ne peut supporter l'idée de perdre Arielle. Cette seule éventualité fait naître en lui des sentiments amers et hostiles. Il se met alors dans une colère terrible. Une colère de berserk, qui lui procure une force décuplée ainsi qu'une volonté de fer. Dans un ultime effort, il parvient enfin à se soustraire à l'emprise de Hati. Une fois débarrassé du contrôle mental que la jeune femme exerçait sur lui, Razan met brusquement fin à leur étreinte et tente par tous les moyens de calmer sa fureur de berserk avant le retour d'Arielle. Mais il est déjà trop tard. En tournant la tête, il aperçoit Arielle, qui se tient debout, au milieu du sentier menant à la clairière. Elle a tout vu. Le *Nocturnus* s'élève lentement au-dessus d'elle, alors que Brutal et Jason viennent retrouver la jeune élue dans le sentier.

— Nous n'avons pas réussi à l'arrêter, dit Brutal.

Jason secoue la tête, la mine défaite et le regard triste.

— Comment a-t-elle pu ?... murmure-t-il pour lui-même.

Razan n'en à rien à faire de Jason ou de Brutal. Il se fout royalement d'Ael, du *Nocturnus* ou même d'Adelring. La seule chose qui importe pour lui, en ce moment, c'est Arielle. La jeune femme le fixe d'un regard noir. Elle a assisté à toute la scène. Elle a vu Razan embrasser Hati avec passion, sans comprendre que ce baiser n'avait rien de volontaire.

— Arielle, ce n'est pas ce que tu crois..., lui dit Razan en s'avançant vers elle.

Mais Arielle n'est plus Arielle, le jeune homme le réalise en voyant le M runique réapparaître lentement sur sa joue. Ses yeux ont perdu leur éclat. Ce ne sont plus que deux billes noires aux reflets métalliques. Les traits de la jeune femme se sont durcis, et sa peau a retrouvé cette teinte livide, presque translucide.

— Je te déteste, déclare Arielle sur un ton froid, presque détaché.

Le dédain glacial exprimé par la jeune femme fait frémir Razan.

— Non, Arielle, je t'en supplie…

Mais cette dernière en a terminé. Elle se détourne de Razan et observe un instant la forêt, avant de s'élancer à travers les bois, si vite qu'aucun humain ne pourrait la rattraper.

— ARIELLE, NON! l'implore Razan, mais elle a déjà disparu.

Le jeune homme se hâte de retourner auprès de Hati.

— Qu'est-ce que tu attends pour la rattraper? gronde-t-il tout en la fusillant du regard.

Hati secoue la tête pour signifier qu'elle n'en a pas l'intention.

— Laisse-la partir, dit-elle. Certaines de ses sœurs ont déjà flairé sa présence. Loki enverra des alters pour la récupérer. Elle ne risque rien.

— Va la chercher ou je te tords le cou!

— Même si je voulais la rattraper, ce qui n'est pas le cas, je n'y arriverais pas. Je ne suis qu'une alter, mon pauvre. Étant possédée par l'esprit de la déesse Hel, ta chérie dispose d'un immense pouvoir. À ta place, je ne me risquerais plus à la décevoir. Plutôt étonnant, d'ailleurs, qu'elle ne t'ait pas réduit en pièces. Un cœur brisé est capable de bien des choses.

— Saleté d'alter! crache Razan au visage de la jeune femme.

Tous les deux sont rejoints par Jason et Brutal.

— Mais qu'est-ce qui s'est passé ici? demande l'animalter.

Razan ne répond pas. Il continue de toiser Hati d'un regard chargé de reproches.

— Qu'est-ce qu'on fait maintenant? s'enquiert Jason à son tour.

La jeune alter contourne Razan, puis prend la direction de l'est.

— Je ne vois qu'un seul endroit où nous réfugier pour l'instant, déclare-t-elle en s'enfonçant dans la forêt de Brocéliande. Le château d'Orfraie. Alors, vous venez?

— Je croyais que la fosse avait été détruite par Sidero et ses alters, fait Jason.

— La fosse, oui, répond Hati. Mais pas le château.

29

Le dieu Tyr a observé toute la scène depuis son palais du Niflheim.

Le dieu n'est pas seul dans la salle du trône. Son vieux compagnon, Markhomer de Mannaheim, ancien roi des hommes, lui tient compagnie.

— Ce n'est pas une tendre, votre chère Hati, fait remarquer Markhomer.

— Je sais, répond Tyr. Mais c'est ma fille.

— Bien sûr, bien sûr, approuve Markhomer avec le sourire.

— Et elle est amoureuse, poursuit le dieu, alors dis-moi, que peut-on y faire?

— Eh bien, laissons-la aimer, pardi! N'est-ce pas l'amour qui doit sauver ce monde?

Tyr acquiesce sans réserve. C'est à ce moment que s'ouvre le grand portail donnant sur le reste du palais. Un garde tyrmann armé d'une haute lance annonce l'arrivée du premier invité.

— Faites-le entrer! ordonne le dieu Tyr.

Un homme pénètre alors dans la vaste salle et s'avance jusqu'au trône, celui sur lequel est installé Tyr. Debout, à sa droite, se tient le fier et robuste Markhomer.

— Heureux de constater que tu as réussi ta mission, mon cher Hodalton, déclare le dieu.

— Je m'en réjouis également, maître, répond Silver.

Après une brève hésitation, le Tyrmann s'adresse de nouveau à Tyr:

— Puis-je vous poser une question, maître?

Le dieu hoche la tête.

— N'était-ce pas Odin qui devait m'accueillir à mon retour? demande Silver.

La question du Tyrmann fait sourire le dieu.

— Odin a été chassé du Walhalla par Thor et le général Lastel, explique Tyr. Il ne peut plus rien pour les hommes dorénavant.

Cette révélation fait naître de l'inquiétude chez Silver.

— Mais qui veille sur Midgard, alors?

— C'est à moi que reviendra bientôt cette tâche, répond Tyr. Mais auparavant, il faut que les humains se débarrassent de Loki et de tous ses fidèles serviteurs.

— Ne pouvez-vous pas les aider?

— J'aimerais bien, mais je ne le peux pas. Tant qu'ils ne croiront pas en moi, j'aurai les mains liées et demeurerai impuissant. Le jour où Loki sera vaincu et où Thor et Lastel seront chassés du Walhalla, ce jour-là verra l'avènement du Renouveau. C'est seulement ensuite que moi, Tyr, je pourrai visiter les mortels à Midgard et leur apporter mon soutien et mon réconfort. Mais d'ici là, les hommes ne pourront plus compter sur l'aide des dieux pour résoudre leurs problèmes. Tout comme les elfes dans l'Alfaheim, ils doivent prendre leur destin en main, et démontrer qu'ils ont soif de vivre.

— Quel est mon rôle dorénavant? demande Silver.

Cette fois, c'est le roi Markhomer qui prend la parole:

— Retourne auprès d'Odhal et veille à ce que les phantos tyrmanns débarrassent Midgard de l'Empire invisible. Les hommes du sanctuaire comptent sur vous pour enrayer cette nouvelle menace qui plane sur eux.

— Oui, maître.

Le Tyrmann penche une dernière fois la tête en signe de salutation et de dévotion, puis retourne vers le portail. Lorsque Silver a enfin quitté la salle du trône, le garde tyrmann annonce l'arrivée des deux invités suivants. Deux silhouettes identiques font alors leur entrée, marchant côte à côte d'un pas régulier, jusqu'à ce qu'elles aient atteint la première marche de l'escalier menant au trône du dieu Tyr. Markhomer est toujours surpris et fasciné de rencontrer les deux loups de Tyr. Ils ont un air à la fois si animal et si… humain.

— Geri, Freki! s'exclame Tyr. Mes fidèles serviteurs!

— Comment allez-vous, maître? demande Geri.

— Je tiens la grande forme! répond Tyr, l'œil moqueur.

— Alors, nous voilà comblés, déclare Freki.

— Mes amis, j'ai une importante tâche à vous confier. J'aimerais vous renvoyer à Midgard, afin d'assurer la sécurité de ma fille, Hati.

La perspective de retourner sur la Terre ne semble pas réjouir les deux loups. Tyr se rend bien compte de leur déception et leur demande quelle en est la cause. Freki adresse un regard insistant à Geri, l'enjoignant ainsi de répondre.

— Ben, euh, c'est que, vous voyez…

— Mon temps est précieux, Geri, lui fait gentiment remarquer Tyr.

— Oui, oui, je comprends, maître, s'excuse le loup. Euh, écoutez, c'est simplement que… que nous n'avions pas envisagé d'y retourner un jour, et…

Il s'interrompt un court instant, puis reprend, toujours aussi mal à l'aise:

— Nous en revenons à peine, vous savez. Je suis déjà mort une fois…

— Et moi, deux! ajoute Freki.

— Et alors? demande le dieu Tyr.

Forcé de répondre, Geri reprend la parole:

— Eh bien… Eh bien…

— Vas-y, Geri! le presse Tyr.

Le loup prend une grande inspiration, puis se lance:

— Maître, vous ne trouvez pas que ces résurrections à répétition, ça manque un peu de… de réalisme?

— Vous êtes tous les deux des créatures mythiques, leur dit Tyr. Le réalisme est un concept humain, qui ne s'applique pas à vous.

— Oui, mais, hum, Freki et moi sommes morts, et nous aimerions bien le rester. C'est, euh… c'est possible, vous croyez ? Là-bas, à Midgard, il y a tous ces humains… et le chat aussi. Il y a Brutal, et disons que… eh bien, disons qu'il nous tape un peu sur les nerfs et…

— Vous osez défier un ordre direct de votre seigneur suprême ? s'indigne le roi Markhomer. Mais pour qui vous prenez-vous ?

Cette fois, c'est Freki qui intervient. Il paraît aussi nerveux que son compagnon, sinon plus.

— Non, non, en fait, c'est que… Eh bien, nous préférerions demeurer à votre service, maître, dit-il en implorant le dieu Tyr du regard. Ici, dans le Niflheim. Vous savez, j'ai été transpercé deux fois par une épée, et je dois avouer que ça n'a rien de très… agréable.

— Vous ne pouvez pas mourir, répond Tyr. Pour cela, il faudrait que vous soyez mortels, et vous ne l'êtes pas. Je vous le répète : vous êtes des créatures quasi divines. Pendant un temps, vous avez été les loups d'Odin. Le dieu suprême de l'Asgard vous a nourris avec sa propre nourriture. La nourriture des dieux Ases. Cela vous a rendus forts et puissants. Aucun humain n'a la force ni même la permission de vous enlever la vie. Chaque fois que cela se produira, et notre ami Freki peut en témoigner, vous serez rappelés auprès de votre maître.

— Jadis, ce maître auquel vous deviez une stricte obéissance portait le nom d'Odin, déclare Markhomer de sa voix grave et portante. Maintenant, il porte celui de Tyr.

Les deux loups jugent préférable de ne plus argumenter. Ils se contentent de baisser la tête et de se soumettre aux volontés du dieu Tyr.

— C'est avec honneur et diligence que nous veillerons sur votre fille, maître, annoncent-ils ensemble.

Le dieu se montre satisfait de leur réponse. Avant d'inviter les deux loups à se retirer, il leur dit :

— Selon la légende, il était prévu que les médaillons de Skol dévorent le soleil de Midgard. Et ça s'est produit le jour de l'éclipse. Mais il est aussi écrit que ma fille rapportera la lumière en dévorant à son tour la lune, privant ainsi les alters de leur principale source d'énergie vitale. Sans l'aide de Hati, Arielle Queen et Kalev de Mannaheim ne pourront remporter la victoire. La croyant son ennemie, Arielle tentera néanmoins de la tuer.

Tyr fait une pause, puis ajoute :

— Vous devez empêcher cela.

***

Une fois sortis de la salle du trône, Freki lance un regard furieux à son compagnon.

— Quoi ? Qu'est-ce qu'il y a ? lui demande Geri.

— Non mais, tu te rends compte ? Il faut retourner là-bas !

Geri hausse les épaules en signe d'impuissance.

— Désolé, mon vieux, mais j'ai tout essayé.

— Vraiment? rétorque Freki, toujours blême de colère.

— Quoi, tu doutes de moi? Tu crois réellement que j'ai envie de retrouver Brutal et ce vaurien de Razan? Ils vont encore nous faire tuer!

— Je suis déjà mort deux fois, je te signale.

— Je sais, je sais, soupire Geri. Tu n'arrêtes pas de me casser les oreilles avec ça. Tu sais ce qu'on dit? Jamais deux sans trois, mon vieux!

— C'est ça, ouais…

— Ce sont nos fans qui vont être contents.

— Nos fans? Quels fans?

30

Quelques heures plus tard, sur la côte nord de la Bretagne...

Sidero avale son premier verre de vin d'un trait. Puis, sans tarder, il le remet sous le nez de la jeune alter, afin qu'elle le remplisse.

— J'essaie d'arrêter, dit le général en montrant son verre, mais j'ai l'impression que l'humanité tout entière s'est liguée pour m'en empêcher.

Il remercie sa jeune servante d'un hochement de tête, et celle-ci lui sourit en retour. *Jolie...*, songe-t-il. Il est heureux de constater que même si les derniers événements ont contribué à l'émécher quelque peu, il continue tout de même à provoquer ce petit quelque chose, cette forme de gêne admirative que lui manifestent la plupart des jeunes femmes alters. Il se souvient des paroles que lui a un jour soufflées Hel : «Vous faites erreur, mon ami ; en fait, vous leur rappelez leur gentil papa ! » Sidero se dit que c'est peut-être vrai, après tout. Il n'est plus très jeune, d'accord, mais demeure néanmoins aussi agile et puissant que les jeunes alters. Le vin disparaît de sa coupe en une levée du coude. Il repose le verre vide sur le rebord d'un hublot, non loin de lui, et regrette aussitôt de ne pas avoir demandé une troisième rasade.

À ses côtés se tient Arielle Queen. Le général et quelques-uns de ses super alters ont accueilli la jeune femme au port de Perros-Guirec, après que cette dernière a été récupérée par un de leurs hélicoptères au nord de la forêt de Brocéliande, dans un petit village du nom de Haligan. Sidero et ses hommes sont maintenant chargés de ramener Arielle sur l'île de Man, par bateau.

— Comment saviez-vous que je me trouvais là-bas ? demande la jeune élue au général alors que tous les deux se trouvent sur la passerelle de navigation.

— Vos sœurs et vous êtes unies par un lien très puissant. Plus tôt, aujourd'hui, elles ont perdu votre trace. Mais il y a quelques heures à peine, Annabhel, votre sœur de l'Urland, a de nouveau ressenti votre présence sur son territoire, près de Brocéliande. Elle en a informé Loki, qui nous a vite expédiés ici.

— La Bretagne est devenue l'Urland ? s'étonne Arielle.

— L'Urland englobe toute l'Europe, en fait, explique Sidero. Avec l'Issland, l'Hagalland et le Kaunland, il est l'un des territoires voisins du Nordland, votre royaume.

Le bateau a largué les amarres et s'apprête à quitter le port. Le capitaine du navire, un humain collaborant avec les alters, leur indique qu'ils prendront la direction du nord-ouest et traverseront la mer Celtique, avant de virer au nord-nord-est pour rejoindre la mer d'Irlande. Ils fileront ensuite droit au nord jusqu'à leur destination finale, le port de Casteltown, sur l'île de Man.

Arielle demeure aux côtés de Sidero pendant tout le voyage, mais lorsque le navire s'amarre enfin à Casteltown, elle quitte la passerelle sans adresser la moindre parole au général. Il s'empresse de lui emboîter le pas, en songeant que Loki n'apprécierait certainement pas qu'il la laisse se déplacer sans protection. Durant les prochaines semaines, peut-être même les prochains mois, Sidero lui servira de garde du corps. C'est du moins ce qu'ont sous-entendu Loki et Angerboda, et le général n'a pas l'intention de faillir à sa tâche. Cela lui permettra également de côtoyer la belle Arielle, son ancienne promise. Elle lui a été ravie par Nazar, ce vulgaire pantin, mais Sidero compte bien remédier à la situation afin de s'assurer une place de choix dans le nouvel ordre mondial instauré par Loki.

— Où est votre époux ? lui demande Sidero alors qu'ils débarquent du navire et s'avancent sur le quai du port.

— Il est mort, répond froidement Arielle.

— Mort ?... Mais comment ?

— Il a été tué par un de nos ennemis, explique la jeune femme, toujours sur le même ton neutre, dénué de toute émotion.

Sidero se réjouit bien sûr de cette nouvelle, mais juge plus prudent de n'en rien laisser paraître. Peut-être plus tard, mais pas maintenant.

— Kalev disposera bientôt d'une arme assez puissante pour anéantir Loki, poursuit la jeune femme. L'épée Adelring.

— Rien n'est assez puissant pour tuer ou même blesser notre seigneur suprême ! s'indigne Sidero, incapable de concevoir qu'une telle arme puisse exister.

— Vous faites erreur, général.

Une voiture les attend au port pour les conduire au château de Castel Rushen. Là, ils montent à bord d'un autre hélicoptère et prennent la direction du mont Snaefell, le plus haut sommet de l'île. Pendant le trajet, Sidero explique à Arielle que l'île de Man porte dorénavant le nom d'Okolnir, et deviendra sous peu la régence de Midgard. C'est sur le mont Snaefell que sera construit le château de Brimir. Les travaux de dynamitage ont déjà commencé, selon le général. Une grande partie de la montagne sera excavée afin de permettre aux ouvriers d'y façonner le château. Les remparts seront taillés à même les flancs rocheux, et en son sommet sera érigée une tour de glace, à la mémoire de Hel et du Galarif.

— Loki a de grands projets pour ce territoire, souligne Sidero. Les débris rocheux de la montagne serviront à remodeler le paysage : une vallée sera aménagée, ainsi qu'une rivière, qui prendra sa source dans le réservoir Sulby et ira se jeter dans la mer.

— Vous avez parlé d'ouvriers ? fait Arielle, alors que l'hélicoptère s'oriente au nord-est.

— Plutôt des esclaves humains, rectifie le général. La majeure partie de ces gens habitaient l'île, mais nous avons dû recruter d'autres hommes en Irlande et en Angleterre. Ils ne sont pas très valeureux, mais ne coûtent pas cher à nourrir. Un petit groupe d'entre eux a tenté de s'échapper plus tôt ce matin. Heureusement, nous les avons rattrapés avant qu'ils n'atteignent la côte.

Quelques minutes plus tard, l'hélicoptère se pose au pied du nouveau flanc escarpé de la montagne. Des milliers d'hommes et de femmes, aux traits tirés et à la silhouette amaigrie, s'activent durement à la tâche sous la surveillance accrue de sentinelles alters armées jusqu'aux dents. S'éloignant de l'hélicoptère au pas de course, Arielle et Sidero sont accueillis au camp du chantier par Fenrir et Jörmungand. Peu loquaces, les fils de Loki et d'Angerboda les invitent à passer dans un lieu plus confortable, une tente de grand luxe munie de tous les services essentiels, allant du chauffage au buffet somptueux, et que les deux frères désignent eux-mêmes comme « les quartiers réservés à la famille royale ».

— Tout ça a été préparé pour vous, Arihel, annonce fièrement Sidero.

La jeune femme poursuit son examen des lieux sans s'émouvoir le moindrement.

— Où est mon père ? demande-t-elle.

— Il se trouve dans l'Arland, répond Fenrir, ce qui était, il n'y a pas si longtemps encore, l'extrême est de la Russie. Des armes nucléaires ont été découvertes là-bas. Je dois d'ailleurs bientôt aller le rejoindre et…

— Inutile de me raconter ta vie, le coupe sèchement Arielle. Quand pourrai-je occuper mon palais?

31

*Au même moment, à Manhattan,
dans le repaire souterrain de la
Volsung...*

Kalev se trouve seul dans son appartement et admire son nouveau corps dans la glace. Ce corps, il lui revient de droit, il en est convaincu. C'est avec lui qu'il compte conquérir le cœur d'Arielle Queen. *Si un cœur bat toujours à l'intérieur de cette créature*, se dit-il en songeant à ce que la jeune élue et ses sœurs sont devenues. *Mais avant de m'unir à elle, il me faudra trouver un moyen de chasser ce mal dont elle est la victime.*

Sa contemplation devant le miroir est interrompue par un grésillement électrique:

— Ael est de retour, monsieur! annonce la voix d'un jeune chevalier fulgur dans l'interphone.

— Faites-la entrer! ordonne Kalev en appuyant sur la touche de réponse.

Le prince s'installe derrière son bureau et attend que la jeune Walkyrie fasse son entrée. En plus du *Nocturnus*, Ael rapporte un autre trésor à son maître : l'épée Adelring. Elle tient la magnifique arme entre ses mains lorsqu'elle pénètre enfin dans la pièce. D'un signe, Kalev lui demande de poser l'épée devant lui, sur son bureau. Ceci fait, le prince invite la jeune Walkyrie à choisir un fauteuil et à prendre place à ses côtés.

— Merci, Ael, lui dit-il sans pouvoir détacher ses yeux d'Adelring. C'est un superbe cadeau que tu m'offres là.

— Cette épée nous sera fort utile, maître. On dit que c'est la seule arme capable de terrasser Loki.

— Adelring…, souffle alors Kalev, le regard débordant de convoitise.

Le prince relève les yeux vers Ael. Sur les traits enflammés du jeune homme se dessine un large sourire.

— La victoire est proche, mon amie !

Ael acquiesce. Mais son sourire, contrairement à celui de Kalev, paraît forcé. De toute évidence, elle ne partage pas l'enthousiasme excessif de son maître.

— Il y a eu des développements durant mon absence ? demande-t-elle.

Le sourire de Kalev disparaît brusquement. Il quitte son fauteuil, contourne son bureau et retourne vers le miroir. Il a recommencé à se contempler dans la glace lorsqu'il déclare, d'un ton grave :

— Jörmungand et Fenrir, les fils de Loki, ont mis la main sur plusieurs armes nucléaires et bactériologiques. Les frappes ont déjà commencé. Des populations entières ont été décimées.

— Et qu'en est-il des sœurs reines?

— Elles prennent le contrôle de leurs territoires, un à un, avec l'aide des super alters du général Sidero. La première chose qu'elles ordonnent, après la capitulation des humains, c'est de vider les prisons. Elles recrutent ensuite des soldats parmi les prisonniers libérés. Les autres sont relâchés dans la nature, mais seulement une fois qu'on leur a arraché la promesse de répandre le chaos. On recense déjà quelques actes de piraterie dans les mers du Sud.

— Et que faisons-nous pour arrêter ça?

Kalev éclate de rire.

— Que pouvons-nous faire? se moque-t-il en revenant vers Ael. Sois réaliste. Ce n'est pas avec nos quelques bataillons de chevaliers fulgurs que nous pourrons les arrêter. Chaque sœur reine a sous ses ordres plusieurs régiments d'alters.

— Mais vous devez bien avoir un plan, non?

— Il est inutile de nous en prendre aux sœurs reines et à leurs alters, explique le prince. Elles sont beaucoup trop nombreuses, et beaucoup trop puissantes. Ce qu'il nous faut réussir à faire, c'est couper la tête du monstre. Pour cela, il nous faudra éliminer Loki et ses deux fils, et peut-être même Angerboda. Cette épée que tu nous as rapportée représente l'espoir, tu comprends? Et si je parviens à séduire Arielle Queen et à m'unir à elle, qui sait si un miracle ne se produira pas pour nous libérer de ces odieux démons.

— Arielle Queen est amoureuse de Tom Razan. Pas de vous, maître.

Kalev sourit une fois de plus.

— J'ai bien l'intention de changer ça. Tu ne m'en crois pas capable, princesse? ajoute-t-il en adoptant la voix et les intonations de Razan.

Ael est étonnée de voir à quel point son imitation du jeune homme est réussie.

— N'oublie pas que cet idiot faisait jadis partie de moi, explique Kalev devant la surprise de la jeune Walkyrie. À bien y penser, j'ai beaucoup plus de choses en commun avec Razan que Razan lui-même, tu ne trouves pas?

Ael n'est pas certaine de comprendre, mais n'ose pas demander des éclaircissements. Elle préfère garder le silence. Vexé par l'attitude de la jeune femme, le prince lui demande de se retirer. Ael obéit sans protester et quitte l'appartement de son maître, soulagée de ne pas avoir à subir l'une de ses terribles colères.

Kalev se retrouve seul. Il aime la solitude, cela lui permet de mieux se concentrer. Il décide d'aller prendre une douche, et cela lui fait un bien immense. Ses sens se sont éveillés et il ne souffre plus de cette migraine que lui a infligée sa rencontre avec Ael. Il enroule une serviette autour de sa taille et se dépêche de quitter la salle de bains encore envahie de vapeur. Sa peau est soumise à la fraîcheur nouvelle de l'air ambiant lorsqu'il franchit la porte et cela lui procure un certain plaisir. Il se dirige ensuite vers le petit réfrigérateur et en sort une bouteille d'eau glacée. Il se la passe sur le front avant de l'ouvrir, en songeant qu'il accomplit ce rituel depuis plus de six mois maintenant; c'est devenu une habitude. Bonne ou mauvaise, il s'en fout. Une bouteille d'eau et de la musique avant d'aller dormir représentent l'assurance d'une nuit sans complications. Il s'installe dans son vieux fauteuil rembourré et met en marche le lecteur de disques compacts à l'aide d'une télécommande. La musique du compositeur Georg Friedrich Haendel résonne alors dans les haut-parleurs. Kalev avale une longue gorgée d'eau et ferme les yeux.

32

*Sidero est étonné de
l'empressement de la jeune femme.*

— Le château de Brimir? fait le général. Il reste encore un immense travail à effectuer. Je crains que…

— Recrutez davantage d'ouvriers alors, rétorque Arielle. Et augmentez la cadence de travail. Faites-les travailler jour et nuit, s'il le faut.

— Écoutez, chère dame, reprend Sidero, ce n'est pas que j'apprécie particulièrement ces humains, mais si nous les tuons au travail, nous ne disposerons plus d'aucune main-d'œuvre…

Arielle choisit une crevette sur la table garnie de nourriture qui se trouve devant elle, puis se tourne vers le général. Elle avale le crustacé goulûment, en prend un autre, puis franchit d'un pas décontracté la distance qui la sépare de son interlocuteur. Tout en mâchant la seconde crevette, elle dévisage Sidero avec une indifférence dédaigneuse, puis, sans prévenir, le gifle violemment.

Le vieil alter ne bronche pas et encaisse cette humiliation en silence.

— Qui, de vous ou moi, règne sur le Nordland, général ? demande Arielle.

— C'est vous, répond Sidero, tout en s'efforçant de contenir sa colère.

— Les humains sont plus forts que vous ne le pensez, poursuit-elle. Seront tués uniquement les ouvriers qui refusent d'obéir ou qui tentent de s'échapper. Les autres travailleront jusqu'à leur dernier souffle, si nous leur faisons miroiter un espoir de survie, pour eux et pour les leurs. Que se produit-il lorsque vous écrasez un insecte, général, mais ne parvenez qu'à le blesser ?

Sidero ne répond pas, mais continue de fixer la jeune femme. Sa colère fait maintenant place à la peur. C'est bien la première fois que le vieil alter éprouve ce genre de sentiment, lui qui a combattu dans nombre de guerres et affronté nombre d'ennemis. *Cette femme est folle à lier,* se dit-il. *Folle et dangereuse.*

— L'insecte mutilé ira jusqu'à ramper pour échapper à la mort. C'est l'instinct de survie qui le pousse à agir ainsi, même s'il est condamné. Il en va de même chez les humains. L'humain est un misérable insecte, général, qui serait prêt aux pires bassesses pour échapper à la mort.

Cette fois, Sidero juge plus sage d'acquiescer. Ceci fait, il demande :

— Que devons-nous faire des ouvriers qui ont tenté de fuir le campement ce matin ?

— Exécutez-les, répond Arielle sans la moindre hésitation. Devant les autres. Ils serviront d'exemple. Et débarrassez-vous aussi des fainéants. Ils ralentissent les plus vaillants.

— Il sera fait comme vous l'entendez, chère dame.

— Je suis une reine, général, le réprimande aussitôt Arielle. Adressez-vous à moi comme il convient.

— À vos ordres, Votre Altesse, se reprend Sidero.

Le général tourne les talons et quitte la tente, sans ajouter un mot, trop heureux de laisser sa nouvelle reine aux bons soins de Fenrir et Jörmungand. *Le mariage, ce sera définitivement pour plus tard*, se dit-il. *Encore qu'épouser cette Dame de l'ombre équivaudrait beaucoup plus à une tentative de suicide qu'à un engagement solennel.*

***

Arielle retourne à la table, afin de s'y choisir un autre mets à déguster. Après s'être régalée d'un filet de poisson et de tranches de viande fumée, elle porte à ses lèvres une coupe remplie d'un liquide rouge rappelant le sang.

— J'ai tellement faim…, soupire-t-elle pour elle-même.

— Tu as encore besoin de nous ? lui demande Fenrir.

— Et pourquoi aurais-je besoin de vous ? rétorque-t-elle en mastiquant bruyamment un morceau de poulet. Votre travail n'est-il pas de ravager les territoires humains encore occupés ?

— Oui, admet Fenrir, mais…

Arielle ne laisse pas le temps à son demi-frère de terminer.

— Cette tâche est-elle accomplie ?

— Non, pas tout à fait, répond cette fois Jörmungand. Nous avons utilisé toutes les armes de destruction massive qui étaient à notre disposition.

— Il nous faut en trouver d'autres, ajoute Fenrir. Il reste beaucoup à faire, tu sais. Le monde est grand et…

— Alors, que faites-vous encore ici ? l'interrompt-elle de nouveau.

— Fais attention, Arihel, la menace Fenrir. Jörmungand et moi ne sommes pas tes laquais. Tu peux traiter Sidero et ses alters de la manière qui te plaît, mais à notre endroit, tu dois montrer du respect. Sinon…

Arielle éclate de rire, tout en recrachant de façon grossière la nourriture qui se trouvait dans sa bouche.

— Sinon quoi ? ricane-t-elle. Vous allez me réprimander ? me disputer ? me frapper ?

— Nous sommes tes frères, lui rappelle Jörmungand.

— Tu n'es qu'un vulgaire serpent de foire, Jörmungand, réplique Arielle, dont le sourire a disparu. Et toi, Fenrir, tu es un loup domestiqué, qui passe son temps à lécher les bottes de ses maîtres. Vous me faites horreur. Disparaissez avant que je vous dépouille de votre misérable chair et que je m'en serve comme d'une robe d'apparat.

— La domination qu'exerce notre sœur Hel sur toi est indéniable, observe Fenrir. Son influence est beaucoup plus marquée chez toi que chez les autres sœurs reines.

— Tout est pour le mieux, alors. Je n'ai pas raison ? Allez, foutez-moi le camp d'ici !

Les deux frères échangent un regard consterné, puis font demi-tour et quittent à leur tour les luxueux quartiers de la famille royale.

Arielle se retrouve seule avec la table regorgeant de victuailles toutes plus appétissantes les unes que les autres. Elle continue de se gaver, jusqu'à ce que sa faim soit enfin apaisée. Elle remplit une autre coupe du liquide rouge, puis s'avance jusqu'à l'entrée de la tente. Elle se glisse entre les deux pans de toile, puis demeure un moment sous l'auvent, à admirer le flanc rocheux du mont Snaefell, celui que les travaux de dynamitage ont servi à façonner. C'est dans cette paroi à pic que sera bientôt sculpté son château. La jeune femme lève son verre en l'honneur du futur monument, puis l'approche de sa bouche. Tout juste avant d'avaler la première gorgée, une voix résonne dans son esprit. Une voix qu'elle connaît bien, mais qu'elle préférerait oublier : « *Tu es dans mon cœur, petite princesse. Pour toujours. Où que tu sois, je veillerai sur toi.* »

33

La fatigue le gagne peu à peu…

Kalev aime la musique de Haendel, en particulier l'oratorio *Le Messie*. Le texte traite de résurrection et de rédemption, et c'est en pensant à sa propre renaissance que le prince s'endort dans son fauteuil. Il rêve à Arielle Queen. Il voit la douce Arielle se pencher sur lui pour caresser ses cheveux emmêlés. Elle effleure doucement ses joues du revers de la main et s'approche pour l'embrasser. Kalev ouvre lentement la bouche et accueille les lèvres amoureuses de sa bien-aimée. « Kalev…, chuchote Arielle de sa voix tendre, tout en continuant de l'embrasser. Mon Kalev. Tu es beau. Le plus beau de tous. » Il sourit, mais garde ses lèvres sur celles de la jeune femme. « Kalev, mon amour… » lui dit Arielle. Leurs yeux se croisent, et Kalev songe alors : *Arielle… tu es à moi.*

Son rêve, pourtant si doux, est suivi d'un horrible cauchemar mettant en scène de violents combats entre chevaliers fulgurs et alters. D'autres guerriers sont aussi présents : de grands hommes, solides et robustes, vêtus de peaux de bêtes. Ils sont enveloppés d'une aura bleutée qui les fait ressembler à des fantômes. Kalev se trouve étendu sur le sol, une épée en travers du flanc gauche. Un homme est agenouillé auprès de lui et tient sa main. Kalev ne peut voir son visage, mais sait que c'est un ennemi. « Je vais mourir… » murmure péniblement le prince. L'autre homme ne dit rien. Il ne fait que hocher la tête en silence, confirmant ainsi le destin funeste du rêveur.

Le cauchemar prend fin de manière abrupte, lorsque Kalev s'éveille, ébranlé et en sueur. La musique de Haendel ne joue plus. Kalev bondit hors du fauteuil et attrape la bouteille d'eau, qu'il vide d'un seul trait.

— Non, il est hors de question que je meure ! s'exclame-t-il ensuite. Le futur roi des hommes ne peut pas mourir !

Les derniers vestiges du cauchemar hantent toujours l'esprit de Kalev. Pour s'en débarrasser, il doit occuper son esprit ailleurs : il songe aux prochaines stratégies à adopter contre les alters, puis à la façon dont il pourrait approcher Loki pour le tuer, mais cette réflexion forcée ne s'avère finalement d'aucune aide ; il en revient encore et encore au cauchemar : « Je vais mourir…, ne cesse de répéter sa propre voix dans sa tête. Je vais mourir… Mourir… »

— Non! Ça suffit! s'écrie-t-il, et son regard est de nouveau attiré vers le miroir.

Il ne peut résister à la tentation de s'y admirer une fois de plus. Cela a un effet apaisant sur lui. Ce corps, en plus d'être jeune, beau et fort, est pour lui un symbole de victoire. Une victoire sur Razan, l'être qu'il déteste sans doute le plus au monde après Loki. *À l'intérieur de ce corps, je suis immortel,* se réjouit-il. Tout en répétant certains gestes et expressions du visage propres à Razan, le prince repense à Karl Sigmund et au jour où il s'est incarné à l'intérieur de son corps, après son passage par le pont Bifrost, qui reliait l'Asaheim à Midgard. Sigmund et son associé, Laurent Cardin, se trouvaient à bord d'une foreuse mobile, celle qui leur avait permis de s'introduire dans la fosse nécrophage d'Orfraie. C'est dans la soute arrière de cette même foreuse que Kalev avait assassiné froidement Laurent Cardin et ses miliciens, ainsi que les chevaliers fulgurs qui les accompagnaient. *Je n'avais pas le choix,* essaie de se convaincre Kalev. *Je devais les tuer. Je ne pouvais pas faire autrement. Il en allait de ma survie. Oui, c'est ça, c'était moi ou eux... Je suis un survivant. UN SURVIVANT!* se répète-t-il, bien que cela ne lui soit d'aucun réconfort. Éprouve-t-il des remords? S'en veut-il d'avoir agi ainsi? Le futur roi de Midgard est-il réellement un assassin?...

« *Tu n'as rien d'un roi* », déclare soudain une voix d'homme. Kalev se retourne brusquement et balaie la pièce du regard à la recherche de l'intrus, mais constate qu'il est toujours seul. « *Tu ne reconnais pas ma voix?* » demande l'homme.

Kalev réalise alors que cette voix lui est effectivement familière. Il l'a déjà entendue, mais où exactement ? « *Ton destin n'est pas de régner sur Midgard, et tu le sais très bien.* » Le prince se souvient de ces paroles. Quelqu'un les a prononcées à son intention, dans le Bifrost, tout juste avant qu'il ne s'incarne sur la Terre. Kalev avait alors cru qu'il s'agissait du dieu Tyr, mais il s'était trompé. La voix qui s'était adressée à lui était humaine, et ne l'avait pas interpellé qu'en cette seule occasion. La deuxième fois, se rappelle le prince, il se trouvait dans la grotte de l'Evathfell en compagnie de Razan. L'inconnu leur avait parlé à tous les deux : « « *Lorsque le garçon a vécu son premier jour, il appartenait déjà au clan de l'Ours, et non à celui du Loup ou du Taureau ! Le garçon n'est pas de sang ulfhednar ou einherjar, mais de sang berserk !* » Un seul homme pouvait connaître ces choses. Un homme qui était mort depuis fort longtemps. Depuis une éternité.

— Markhomer…, souffle Kalev en faisant de nouveau face à son reflet dans la glace.

« *C'est bien moi, fils* », répond la voix caverneuse de l'ancien roi de Midgard.

— Que me veux-tu, père ?

« *Il est temps que tu admettes la vérité. Le sort des hommes en dépend.* »

— Mais… quelle vérité ?

« *Tu sais très bien de quoi je parle, mon fils. Tu l'as toujours su. Thor et Lastel le savent aussi. Ils sont même à l'origine de ton existence. Tu croyais vraiment que votre alliance, votre minable Thridgur, était de taille à lutter contre Tyr ?* »

— Attendez…

« *Tu n'appartiens pas au clan de l'Ours, mais à celui du Taureau,* déclare Markhomer, bien décidé à en finir avec toute cette comédie. *Ton sang n'est pas berserk, mais ulfhednar.* »

— Père, mais que dites-vous ? C'est moi, Kalev, votre fils !

« *Tu n'es pas Kalev.* »

— Non, père, je vous en conjure, ne faites pas ça…

« *Je te l'ai déjà dit, une fois : ton nom est Kerlaug de Mannaheim. Kalev est ton frère.* »

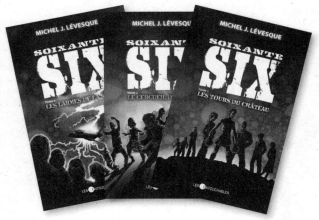

La production du titre Arielle Queen, *Saga Volsunga* sur 7 998 lb de papier Rolland Enviro100 Print plutôt que sur du papier vierge aide l'environnement des façons suivantes :

Arbres sauvés : 68
Évite la production de déchets solides de 1 960 kg
Réduit la quantité d'eau utilisée de 185 362 L
Réduit les émissions atmosphériques de 4 303 kg

C'est l'équivalent de :

Arbre(s) : 1,4 terrain(s) de football américain
Eau : douche de 8,6 jour(s)
Émissions atmosphériques : émissions de 0,9 voiture(s) par année